ひとりの午後に

上野千鹤子的
午后时光

Alone in the Afternoon

[日]

上野千鹤子

熊韵 译

中国友谊出版公司

目录

第一章　蓦然回首 - 001

第二章　喜欢的事物 - 061

第三章　年岁渐长 - 131

第四章　一个人的当下 - 205

后　记 - 245

第一章 蓦然回首

紫花地丁香水

母亲过世后,梳妆台上还留着几瓶香水。混迹在"香奈儿5号"等香水中的,有瓶香气很淡、颜色泛蓝的紫花地丁香水。母亲喜欢紫花地丁的颜色,她也着实适合这种颜色。我坚信这些香水之中,她最爱这瓶有着淡淡青草香的紫花地丁香水,于是我把它带回了家。

母亲生前与我的母女关系绝不算良好。除了世间常见的母女纠葛——直到现在,我都不相信世上会有良好的母女关系——我一门心思想着"不能变成母亲那样的人",母亲则恨我离家太远让她无计可施。母亲一生中有诸多抱怨,在我看来毫无幸福可言,但她却从没试图挣脱那种生活,这让我恨其不争。

话虽如此，赋予我生命的这对夫妻仍以父母的名义挡在我面前，宛如一组屏风。不论好坏，他们都曾是我的屏风。失去双亲的友人曾经描述："父母过世，意味着自己与死亡之间的屏障彻底消失，整个人完全暴露在风雨之中。"这形容真是太贴切了。

母亲去世时，我尚未厘清心中的情感，像个突然被丢弃在荒野里的孩子，只能以死者为对象，一边哭泣，一边絮絮诉说。死者虽已身死，却仍然徘徊在我脑海，我花了半年时间反复与她对话，才终于在心底接纳了她的离开。其间，我甚至想着："妈，你连死了也不肯放过我啊。"但后来，她在我心里的形象渐渐发生了改变。

独留在世的父亲年事已高，我每次回家，他都会说起母亲的过往。不是最近的过往，而是五十多年前——他们前年刚庆祝了金婚①——新婚时期的回忆。他事无巨细地向我讲述那些回忆，当然，那时他们还没有子女。年迈的父亲一脸幸福地说着令我陌生的往

---

① 金婚：指结婚五十周年。（本书注释除特别说明外均为译注。）

事,还反复向我确认:"我们夫妻间的关系很好吧?"

每当此时,我都备受冲击。这对在子女眼中绝不算和睦的男女,莫非也曾在我们不知道的时间和地点,缔结过深刻的依赖关系?

父亲的言语不完全是对过去的美化。

当他向我确认"我们夫妻间的关系很好吧?"的时候,我无法当场给出肯定的回答,但看着他眺望远方时幸福的表情,我还是努力对他笑了笑,也开始觉得,母亲或许真的幸福过吧。

与病魔缠斗多年的母亲,最后是在父亲的照顾下,于家中离开人世的。父亲是一个经营个体诊所的医生,当他提出要亲自护理母亲时,甚至说出"我长年行医就是为了这一天"这种话。子女们担心年迈的父亲因日夜护理母亲而累倒,再三建议让母亲住院,父亲却顽固地拒绝:"你们想拆散我和妈妈吗?"还说"你们根本不懂何谓夫妻"。

子女们很快接受了现实,即使母亲因治疗失误提前过世也是命该如此,母亲自己好像也决定顺其自然。

　　这对夫妻的结合大概已经超越了幸或不幸。我虽是他们的孩子，却也是第三方，无法评价他们是"幸福"或是"不幸"。所以当他们中的一个人看向远方，说他们幸福的时候，我也无法予以否定。

　　"母亲或许真的幸福过吧"——自从产生了这种念头，我终于开始释怀，宽恕了他们，亦获得了宽恕。半年后，又是春天，也是从这时候起，我把母亲留下的紫花地丁香水喷在了身上。

　　香水会越用越少，这是自然。香水的宿命，就是成为终将消失的存在。看着越用越少的紫花地丁香水，我感到可惜，开始四处寻觅同款。某天，我在一家纯天然香水店发现一种用紫花地丁萃取的香水，于是买了一瓶回家，香气却似是而非。

　　怀着"终将消失"的了然，我继续使用着母亲留下的紫花地丁香水。说实话，失去一个赐予我生命的人，让我感觉如释重负。阻挡死亡的屏风消失，我在露天的荒野里，获得了踉跄行走的自由。

到后来,我突然明白,自己无法对母亲的人生负责——反之亦然——这位与我关系匪浅的女性走完了她的一生,尔后,我在紫花地丁香水的香气里为她服丧。

墓地

今年,我又差点忘记父亲的忌日。

我真是个不孝之女。

父亲去世于初夏,葬礼会场上全是白色的"卡萨布兰卡"①,室内弥漫着"卡萨布兰卡"的香气。因为是牧师主持的基督教式葬礼,亲朋好友献上的供花都不能署名。幸好如此,会场才没被写满官衔职务的陌生人所赠的花圈包围。仪式过程简洁、朴素而干净。

"葬礼"这个词,总是让人联想到白色或黄色的

---
① 卡萨布兰卡:此处是指百合的一个品种。

菊花，我对菊花印象不佳。我喜欢"卡萨布兰卡"。它优雅而坚韧，无须细致打理也能自发开完所有花苞，这点很让人省心。父亲能在"卡萨布兰卡"绽放的季节离世，我暗自感到开心。如果是在寒冬腊月，要收集那么多"卡萨布兰卡"就不容易了。如果非要收集，我会产生被迫心理，就像童话故事里那个被继母赶去堆满积雪的森林里摘草莓的小女孩。

在那以后，每到父亲的忌日，我都习惯买一捧白色的"卡萨布兰卡"装饰在房间里，独自为他服丧……而日复一日，我也渐渐因忙碌而疏忽。

"别在我的墓前哭泣，因为我不在那里。"[①] 这首歌曾流行一时。母亲去世后，父亲从没为她扫过墓。

与其说他深爱妻子，不如说他对妻子依赖至深，以至于母亲去世后，他陷入悲叹和抑郁中无法自拔，葬礼后在墓地举行的纳骨[②]仪式，以及后来的扫墓，

---

① 出自《化作千缕清风》（千の風になって），由秋川雅史演唱。
② 纳骨：安放骨灰。

他都拒绝参加。他总爱说:"孩子妈——这是他对妻子的称呼——不在那种地方。"

父亲信奉理科,认为应用学科以外的学科都不算学问。家里刚买电视机那阵,他曾一整天不知疲倦地凝视电视机的扫描线,还不断地对儿子说:"科学技术真伟大啊!老大,你以后也要成为这种干大事的人。"在他这样一个彻头彻尾的近代理性主义者心里,化作灰烬的妻子大概也不再是妻子了吧。又或许作为基督徒,他认为灵魂死后也不会离开,依然存在于自己周遭。母亲一直住到去世的房间,在她死后依然保持着原样。第二年,我打算更换房中日历时被父亲责骂,也就不再管它了。同样,父亲的时间也在母亲去世那天停止了流动。独居的他会在失眠的夜里起身,打开母亲的房门,对着黑暗一边哭泣一边呼唤:"孩子妈——"奇怪的是,他只把这件小事告诉了我这个女儿,对两个儿子闭口不提。

母亲是在与父亲结婚时加入基督教的。她长期过着基督徒的生活,到了晚年,却像是要背叛父亲似的,提出"我不要作为基督徒死去",转而开始抄写《般若心经》。她与祖母相处不算融洽,却在祖母死后作为长子媳妇接过了看护佛龛的任务,从不忘记更换供品香花,祖母的法事也是由她出面与僧侣交涉的。如今想来,那是母亲拼命展现的对父亲的反抗。

到最后,母亲的葬礼采用了佛教形式。我当时赴任德国,被突如其来的讣告叫回来,连行李也来不及收拾就坐上了飞机赶往葬礼现场。佛教的祭坛、充满室内的线香气味、不常见到的僧侣,都让我产生了强烈的违和感。没能见到最后一面的母亲被授予了崭新的牌位和从未听过的戒名,看起来是那么陌生。

听不懂的念经声、僧侣们例行公事般冷漠的举止、鲜艳过头的僧衣,都令我无法适应。写满赠送者姓名的花圈阵更是如此。那时恰好是十月初,花圈上缀满了菊花。

与之相比,父亲的基督教式葬礼显得简洁而充满人情味。场内没有庄严的祭坛,围绕死者棺椁的除了花还是花。牧师的致辞是为父亲量身打造的，介绍了他的性格与生涯，总之通俗易懂。接着，牧师让大家齐唱"逝者生前最喜爱的赞美歌"，歌词大意如下："即使世上所有的朋友都抛弃我，仁慈的友人耶稣也不会弃我于不顾。"简直太适合孤苦无友的父亲了。他生前喜欢唱这首歌吗？想到这里，我不由得胸中一窒。后来听人说，基督教式的葬礼大都会唱这首歌。

父亲的癌症转移已至末期，大家都明白治不好了。我经常跟病床上的他讨论"想要什么样的葬礼"。最后，父亲作为基督徒离开了人世，我却因在他生前口出恶言而追悔莫及。

面对病床上等死的父亲，我随口说了句：

"母亲去了西方极乐世界，你却要去天国，看来在那边见不到面啊。"

当父亲参透了自己的死亡，就开始频繁地念叨墓地的事了。他开始叮嘱我们，要把他与母亲合葬，还要记得给他们扫墓。我不由得纳闷：从前那个理性主义者去哪儿了？想来，他一定是对死亡产生了忧惧。

火葬场的工作人员问我"要选哪个骨灰壶"时，我选了白色的瓷壶。因为它简洁素净，最为漂亮。之后，我把瓷壶带去上野家的墓地，参加纳骨仪式。把父亲的骨灰壶放在母亲的旁边，才意识到母亲的骨灰壶与历代祖先一样，都是素烧的陶壶。在一众素烧陶壶里，父亲的瓷壶仿佛在傲然地拒绝崩坏和腐朽。

人死之后，身体腐烂，回归大地。不久后，泥土色的素烧陶壶也会从容地接受腐朽的命运。而当周围一切事物皆已腐朽，那只白色的瓷壶还是无法毁灭，只能孤零零地留在原地。将腐败拒之门外的白色瓷壶几乎就是孤独狷介的父亲本人，而我给他筑起一道"墙"，让他死后也无法融入周边的环境。想到这里，我便心痛不已。

研究墓地历史的井上治代女士告诉我，"历代祖先之墓"的历史，最远也只能追溯到幕末至明治时期。随着少子化的发展，社会上会出现独女家庭，双方皆为独生子的夫妻也会增多。即使上代人希望将来有人为他们扫墓，这件事也会越发难以实现。樋口惠子女士曾预言，我们即将迎来的时代不仅要考虑家庭，还应考虑墓地的合并与撤销。近来[①]，不拘泥于家庭或家族的新型墓地有所增加，如个人墓、集体墓。话说回来，孤身一人的我死后也不会有人来扫墓。

墓地也会搬迁。作为长子继承家族墓地的哥哥，把远在他乡的上野家墓地迁到了自家附近的墓园，一方面是为了方便扫墓，另一方面也是为了方便将来子女们给他们扫墓。在墓地正式迁移完毕那天，哥哥们对我说："这是我们家族的墓地，你将来怎么办，自己要好好考虑。"

这一来，我彻底失去了归属地。

我总是忘记父母的忌日，也很少给他们扫墓，是个不孝女。新迁墓地的位置也会很快忘记吧。总觉

---

① 本书篇目除《紫花地丁香水》外，均写作于2008—2009年。

得父母的长眠之地不是那个陌生的墓地,渐渐地,我也会不再前往。

不过……只要我还活着,他们就还活在我的记忆里。而每当想起我对父亲说的那句话,复苏的悔恨又开始啃噬我的心。

这样不也挺好吗?另一个我在我耳畔私语。

那么,我自己呢?

我与许多比家人还亲的人建立了珍贵的羁绊。只要他们还活着,我就依然留在他们的记忆里……这样不也挺好吗?另一个我对我说。

有着类似想法的人越来越多,"自由下葬"的观念也逐渐普及,树林葬①、撒骨灰②等自然葬的方式开始深入人心。我不是彻底的唯物主义者,无法断言人死了就什么都没了,但也没有足够的信仰去相信灵魂不灭。对我而言,墓地毫无必要。若要问为什么,只

---

① 树林葬:在具有墓地资格的山林里,将遗骨埋入土中,不立墓碑,而以植树代替。
② 撒骨灰:把火化后的骨灰撒入海里或山中。与日本传统习俗中将骨灰纳入骨灰坛祭拜的方式相对。

因"我不在那里"。

和果子

有人说，羊羹与最中饼①是和果子②的终极形态。这话不无道理，二者意蕴深远。但如今的时代，甜味不再珍贵，在零食泛滥的市场上，羊羹的甜腻让人难以消受。与之相对，现做的最中饼的滋味，可谓鉴定和果子的标准中的标准。可以这么说，要判断一家店的产品质量，就看他们制作的最中饼的味道如何就行了。因为最中饼做法简单，只需在摊开的薄皮内填入馅料，味道上作不了假。

其实，各种老店、名店也都有自家的招牌最中饼。对成长于金泽的我来说，森八的蛇玉最中饼③是

---

① 最中饼：和果子的一种。在糯米做的两张薄皮内包入红豆馅之类的馅料。
② 和果子：日式点心的总称。与西式点心（洋果子）相对应。
③ 森八的蛇玉最中饼：森八是一家创建于江户时期的点心铺，总店位于金泽。蛇玉最中饼是该店的招牌商品之一。

和果子的原点。

我从小生活在一个三代同堂的大家庭里,祖母生于明治时期,全家人在饭厅里一边喝茶一边享用和果子的时间,是我人生中不可或缺的风景。唯有此时,身为长子媳妇的母亲才会跟关系不睦的婆婆(我的祖母)一同围桌而坐。茶杯里倒满茶水,喝完还能再添。泡完的茶渣堆在水盂里,一天下来数量惊人。

因为父亲是经营个体诊所的医生,早期来看病的患者中,有很多是祖母、母亲的熟人。这些人往往不去煞风景的候诊室,而是被带入家中的饭厅等待。父亲不善与人交往,家里的女人或许就是用这种方式,为家业贡献了一份力量。事实上,也真有熟人、患者专程来我家,只为享受那片刻的茶点时光。因此,我家的饭厅里总是坐着外人。

我至今都不讨厌跟人一起喝茶吃东西,大概就是因为自小生活在商人家庭,习惯了往来穿梭的用人与客人。

有的人喝茶重视煎茶或浓茶的点茶手法,但我们家泡茶很随性，连水温也不会特别留意。直接把水壶里的开水倒进茶壶就行。话虽如此，不同茶叶也有不同的味道，家里人总是不停抱怨"喝茶有瘾，没多久就见底咯"，然后再从茶叶店订购新的茶叶。

我称自己为"要茶老太"。这名字源自静冈采茶调，是把歌词里的"采茶、采茶、采茶呀"，变成"要茶、要茶、我要茶"。人如其名，我每天都要喝很多杯茶，而且是用大茶杯装得满满的。喝了茶就想上厕所。也是在这时，我养成了每天喝茶的生活习惯。

听说有家私营养老院为了减少夜间给老人换尿布的次数，从傍晚六点开始就控制他们的饮水量。我吓得脸都白了。无论住进多么高级的养老院，如果傍晚六点以后一口茶都喝不了，那对于我来说简直跟死了没两样。在喝茶这种小问题上，我可不想被人束缚。衷心希望我以后不要住进那种养老院。

在朋友家喝茶的时候，因为加水太频繁，我总是会被嫌弃。到后来，对方直接把我的小茶杯换成大茶杯。也有朋友熟知我的情况，每当我去做客，就直接拿出大茶杯,说:"你要用这个对吧?"寿司店的茶杯很大,我很喜欢。

不断喝茶,不断排泄,就能加快身体的代谢,排出毒素,产生清爽的感觉。所以我总是同情那些肾脏不好,或因前列腺肥大而排尿困难的人。我要不断喝茶,享受上厕所的快乐。

哎呀,刚才是在说和果子。

我总是十个、二十个地从店里订购和果子。来家里做客的人也经常带来伴手礼,导致我家桌上总是摆满全国各地的名牌点心。中元节和岁暮,则有不少熟知我喜好的人送来甜食作礼品。因为每年在东京都有人送我"虎屋"的羊羹,我几乎以为"虎屋"是东京的店铺了,在京都看到"虎屋"总店,竟有种被欺骗的感觉。话虽如此,后来我听说了"虎屋"的历史,才知道明治天皇迁都东京之际,因为舍不得最爱吃的"虎屋"羊羹,就把"虎屋"老板一家都带去了东京。所以,"虎屋"的总店既可以说是在京都,也可以说是在东京。

我成长于金泽，进入学生时代后长住京都，这两个城市的和果子都很好吃。不只名店，连街角小店的品质也很高。在这些小店买两三个不耐放的鲜果子品尝，是我当时的乐趣。

用道明寺粉制作的、透过皮能看见馅料的樱饼；艾草香扑鼻而来的艾草饼；拿在手里走两步都怕碎掉的水羊羹。比起精心熬制或百般雕琢的和果子，这些简单的、基础的和果子随处可见，随便买都不会失败。这也是京都最值得称道的地方。

这样的店铺，大多数是由沉默寡言的老爷爷、老奶奶靠双手经营的。观光手册里不会有它们的名字，但仅靠口口相传，也会有客人光临。

洛北[①]有家公认美味的小店。

店主是对老夫妇，每年丹波栗成熟的三个月里，他们都会制作栗鹿子饼。将大颗的丹波栗煮熟，掏出栗仁，倒入事先熬好的丹波红豆馅中，将二者混合，包在茶巾里印出布纹就算完成。方法看似简单，但店

---
① 洛北：京都以北的郊外。

主必须对栗子与红豆这两种原料有绝对的自信，熬出的红豆馅也必须恰到好处，否则做出的点心就卖不出手。无论是那甜度刚好的馅料，还是包裹其中松软热乎的栗子都十分可口，世上虽有众多含栗量百分之百的名牌栗金团[①]，老夫妇家的栗鹿子饼却有不输名牌的味道。

这家店的栗鹿子饼只能预订，而且是以十个为单位，从不零售。每当顾客前来，老爷爷都一脸不耐烦似的递出果子，好像在说"赶紧拿走"。店里贴着"如需收据，必须提前说明"的字条，想来是因为太忙了。在换季的日子里，每天都要从早到晚烹煮、剥出数公斤丹波栗，确实是项大工程。

他们家的包装也是不起眼的塑料盒，上面贴着注意事项：

"本品请于当日（晚十一点前）食用。如冷藏，虽能保鲜至翌日，口感也会降至原来的三分之一。"

十个一盒的栗鹿子饼中，只有一个下面垫了纸，

[①] 栗金团：在煮栗子外面裹上白薯泥或豆泥制成的点心。

方便立即取出食用。终于拿到手时，我立刻扯出垫了纸的那个，火速吞下肚。到家前，已经消灭了两个。

因为当晚十一点前必须吃完十个，我便会邀请某个朋友过来，或直接送去附近的朋友家。晚饭后又吃掉两个，毕竟甜食不占肚子①，再多也吃得下。

一想到老爷爷挑剔的模样，我就忍不住想说："要你管，超过晚上十一点又怎样"，把剩下的栗鹿子饼放进冰箱。那一刻涌起的罪恶感简直别提了！

第二天早上，我把剩下的几个也吃了。我的味觉不够精细，分辨不出差异，隔夜的栗鹿子饼入口依然美味。唯一挥散不去的，就只有心中的愧疚而已。

这家洛北小店一年一度的栗鹿子饼，是我每年秋天的至高享受。一到九月，算着差不多到时候了，我就会前往洛北。当初离开京都，想到以后都吃不到他们家的栗鹿子饼了，我颇为遗憾。记得我喜好的朋友每每到访东京，都会特意准备礼物，唯有这家店的栗鹿子饼不易携带。有一次，好友听说有种"冷

---

① 日文里有"甘いものは別腹"（甜食装在另一个胃里）的说法。

冻快递",就把它冷冻后寄了过来。我收到后十分意外,等它自然解冻后尝了尝,味道并不逊色于刚做好的——啊,多少还是有点差别,但都在能接受的范围内。

可一想起那位老爷爷的脸,我就无法开口拜托他把店里的点心冷冻后寄给我。他一定会狠狠瞪我,然后再也不卖给我了。

每年秋季来临时,店主夫妇都会年长一岁。我光顾那家店已有二十来年,那对老夫妇也比当初年长了二十多岁。小小的店铺不像后继有人的样子,看来完全是夫妇俩合力才经营至今。这么一想,一旦两人之中有谁出了什么意外,这家店也会难以为继吧。换句话说,他们制作的和果子是终极的期间限定①产品。

所谓传统,就是这样的东西吧。它们难以维持,也终将消失。

再过几年……我想跟记得"那味道"的朋友们

---

① 期间限定:只在某个时期或季节销售的产品。

一起回忆过去,聊聊"那位老爷爷家的栗鹿子饼真好吃啊!为什么要限定在当晚十一点前食用呢……"

卡斯蒂拉

如果说最中饼与羊羹是和果子的双璧,能与之匹敌的洋果子双璧,就是泡芙与卡斯蒂拉①。和果子和洋果子都只需要最基本的原料,味道上难以蒙混过关。话说回来,最中饼与泡芙还有一点相似:都是在外皮内填入灵魂般的馅料或奶油。羊羹和卡斯蒂拉虽然没有相似点,但在味道作不了假这方面倒是相同。我不爱吃羊羹,却很喜欢泡芙与卡斯蒂拉。

不过,卡斯蒂拉真的是洋果子吗?

唔……这个问题很难回答。

我不将它读作"蛋糕",而是读作"卡斯蒂拉"。据说它是由葡萄牙人从西班牙王国的卡斯蒂利亚带到

---

① 卡斯蒂拉:蛋糕(castilla)。出于后文中提到的原因,作者采用了较为特殊的拼写方式,故此处采用音译。

日本的。因为是卡斯蒂利亚的点心，所以叫"卡斯蒂拉"。

当时，从葡萄牙传入日本的东西应该很多，但最后在日本扎根的点心只有卡斯蒂拉与松饼。二者也有共同点，即原料只用了小麦粉、鸡蛋和砂糖，也就是说，不使用西式小甜饼或烤制点心常用的油脂。这太奇妙了。

彼时的日本禁止食肉，没有黄油也正常。中国的烤制点心虽不使用乳制品，却会加入动物油脂；冲绳的曲奇饼、金楚糕的原料里也包含动物油脂。如果没有动物油脂，可用植物油脂坯替。总之，制作饼干时加入油脂是常识，海绵蛋糕坯里要加入足够的油脂，才能做出口感绵密又美味的戚风蛋糕。既然如此，为何会出现刚才说的情况？

卡斯蒂拉看似简单，制作却很费功夫。外行最好不要挑战。先打发蛋液，使之充分起泡，然后加入小麦粉、砂糖，搅拌后倒入模型烘烤。如果起泡不充分，松散的蛋液就会下沉。如今有了电动打泡器，很容易就能打发，但过去估计只能用大号茶筅拼命搅拌。想想都觉得肩膀酸痛。

洋果子里，只有卡斯蒂拉会被放入桐箱①保存。在我小时候，卡斯蒂拉是生病时才能吃到的滋补品，也是探病时作为礼物的高级食品。

知道我喜欢吃卡斯蒂拉的人总是以此相赠。其中最值得一提的，是我滞留欧洲期间，有人在我生日当天用航空邮件寄来的那个卡斯蒂拉。装在桐箱里的卡斯蒂拉看着非常高级，想来运费也很昂贵。

当时我想的是，欧洲人应该理解不了它的珍贵之处吧。如果给他们品尝，大概只会听到一句："这是什么？装饰也没有，只是个海绵蛋糕？"我不愿听这些，所以决定不给他们吃。于是，我把卡斯蒂拉分给了当地少数几位日本友人，赠送的同时不忘郑重解释一句："这个啊……"

果然，卡斯蒂拉应该算和果子。

---

① 桐箱：桐制的箱，用来赠送礼物或收藏贵重品。（编注）

在葡萄牙旅行的时候，我认识了一位搭便车的穷游青年。他自称是大学生，而且对葡萄牙历史知之甚详。我告诉他，在16世纪，我们的国家之间交往很频繁。证据就是，日语里有许多词来源于他们国家的语言，比如"先斗"（ponto）、"很多"（tanto）、"襦袢"（gibão）……京都的"先斗町"之名，源于那里架设的大量"桥梁"[①]；形容"很多"的"たんと"，也源于葡萄牙语的"tanto"；此外，"襦袢"[②]源于葡萄牙语的"gibão"，据说是裙子的意思。

"16世纪啊……"青年眺望着远方，重复道，"那是我们国家的黄金时代。"后来，以繁荣自矜的葡萄牙王国迅速凋零，躲进历史的阴影，堕落为欧洲最贫穷的国家之一。明明当时从众多殖民地搜刮了大量财富，又从南美掠夺了数量庞大的金银财宝，输入本国后却立即被用于奢侈的消费。当时的葡萄牙没留下任

[①] 先斗町的"先斗"与"桥梁"同音，都读作ponto。
[②] 日文中的"襦袢"指贴身单衣，后来指和服的内衬。

何财富积累，也没对后世进行任何投资。其间，贫穷的英国将全部财产倾注于产业资本，很快就在军事和经济上超过葡萄牙，跃居世界第三流的国家……青年脑中想必有这样一部世界史的剧本。

世界史上写着盛衰荣枯。但历史并非自然现象，无法像祇园精舍的钟声那样，见证胜者必衰的国家命运①。几乎所有国家的盛衰都是人类的手笔。换句话说，无论衰败还是灭亡，都是人祸造成的。

无论在什么时代，无道的领袖都会导致国家灭亡。青年的语气里饱含哀叹，感叹祖国的黄金时代不会再来。

说起来，日语的"arigatou"（谢谢）与葡萄牙语的"obrigado"发音相似。"obrigado, obrigado..."反复念上几遍，确实很像"arigatou"。我遇到过一个葡萄牙人，认为"arigatou"的确来源于葡萄牙语。她笑着对我说，那时的日本人不懂感谢为何物，是葡萄

---

① 这句话源自《平家物语》的开头："祇园精舍的钟声，奏诸行无常之响；娑椤双树的花色，表盛者必衰之兆。"

牙人教会了他们说"谢谢"哦。

　　眼下正面临被解雇风险的日裔巴西人听到这话,不知会作何感想呢?巴西人的母语是葡萄牙语。葡萄牙人将植被丰富的巴西国土占为殖民地,把黑人和当地原住民都变成了劳动力。后来,一些日本人也移居到那里。那些日裔移民的子孙,如今又作为劳动者来到日本。他们中的多数人是制造业的短期工。由于汽车产业的不景气,这些人也蒙受了损失。行业繁荣的时候,他们被日本人榨干了利用价值,一朝萧条,又被弃如敝屣。他们可能会说:我们教会了日本人说"谢谢",却没教会他们心存感谢。

　　这个黑色幽默是位葡萄牙女性告诉我的。她长年在一家日企工作,上司也是日本人。或许她早就受不了了吧。

　　哎呀,刚才是在说卡斯蒂拉。

　　我在葡萄牙旅行期间,在当地吃到的正宗的卡斯蒂拉只是一块干沙沙的海绵蛋糕。

　　这样想来,卡斯蒂拉的种子埋进日本的土壤后才迎来了华丽的蜕变，长出与原版果实似是而非的东西。苹果和杧果也一样。许多被引进日本的水果，最终都变成了其原产地无法想象的完美艺术品。从这个意义上讲，卡斯蒂拉也是世上独一无二的、真正的和果子。

母亲的味道

被问到"母亲的味道"时，我脑中立即浮现出烤苹果。

烤苹果这种东西，糕点屋不会卖，一般的餐馆也没有，是种只能在家制作、独属家庭的味道。

每年一到红玉①上市的季节，我就会跟在母亲身边，学着她掏空苹果芯，在里面装满砂糖，以黄油封顶，挨个儿摆在烤盘上。在火上烤一会儿，黄油就会融化，苹果连皮带肉被烤熟，香气便飘满整间屋子。那个时代还没有锡箔纸这么方便的东西。果蜜淌在烤

---
① 红玉：苹果的品种。

盘上是淡淡的粉色,铲起它放入口中舔舐,是小孩子才有的特权。刚烤好的苹果很好吃,冷却之后也很好吃。切开后,果皮变得异常柔软,入口即化,我总是期待能吃到它。

烤苹果的味道独一无二。除了母亲做的,我再也没在别的地方尝过,所以深信它就是"母亲的味道"。

直到现在,每年红玉上市,我就会突发奇想地做一次烤苹果。万一不小心错过了红玉的季节,就会感到若有所失。做烤苹果,也成了一种追悼亡母的仪式。

小时候,我家里有烤箱。是能直接放在瓦斯炉上点火使用的旧式烤箱,生产于昭和30年代[①],在当时肯定很少见。

家里还有烤炉锅。厚重的铁锅中央开了个甜甜圈似的小洞,将蛋糕液倒入其中,放在炭炉上烘烤就行。烤上一会儿就香气四溢,甜甜圈形状的海绵蛋糕

---

① 昭和30年代:1955—1965年。

坏就此完成。接着熬制无盐黄油，加入食用红色素后做裱花装饰。最后撒上银色的珠子或七彩碎片。每年圣诞节，我家都会烤一个这样的蛋糕。裱花袋里残留的黄油香醇浓厚又甜腻，将之挤出后含入口中，也是孩子才有的特权。

从事食品营销工作的岩村畅子女士，针对日本人的饮食生活写过三本调查作品：《变化的家庭　变化的餐桌——被真相破坏的营销常识》（劲草书房，2003年）、《"现代家庭"的诞生——幻想系家庭论之死》（劲草书房，2005年）、《普通的家庭最为可怕——彻底调查！灭绝的日本餐桌》（新潮社，2007年）。我读完非常惊愕，因为书里说我们这代人记忆中"母亲的味道"，其实与传统饮食毫不相干。

在岩村畅子女士出版第一本著作之后，我一直关注着她的新作。她身为ADK广告公司的研究员，在无人授意的情况下，自行开发了"食DRIVE®"的研究课题。能想到着眼于餐桌这一日常细节，真的很厉害。她对调查对象的餐桌进行了彻底的记录,为了证明可信度,还拍摄了照片。

其调查对象横跨三代人。分别是20世纪60年代以后出生的新型①主妇(四十多岁)、团块次世代②(三十多岁)的主妇,以及养育了新型主妇一代的父母辈(六十多岁)的主妇。与其称这三代主妇为战中派③,不如说她们是成长于战后、拥有疏散与饥荒体验的一代人。这三部作品的副标题里包含"破坏""灭绝""幻想"三个词,分别对应了以上三个世代。书中有个观点:日本的家庭饮食在新型一代遭到"破坏",并于团块次时代"灭绝"。这种变化不是突然发生的,而是因为本该继承饮食文化的父母一代塑造的家庭形象,充其量只是种"幻想"。

根据她的调查结果,现代日本的家庭餐桌有如

---

① 新型:原文为"新人类",是指拥有不同于旧时代的新型价值观与感性的年青一代。该词流行于20世纪80年代。
② 团块次时代:指团块世代的后一代。团块世代,指出生于"二战"后"婴儿潮"的一代。
③ 战中派:在"二战"中度过青春期的一代。

下特征。

"分别用餐"发展到最后,全家人一起吃饭的次数连一周两次都达不到。一起吃饭时,也并不吃同样的食物。不是在外就餐,也不是在家就餐,而是一种居中就餐①,餐桌上摆着各类外带小菜和熟食,有时还加上罐头或在便利店买的便当。就算有人挑食,其他家庭成员也不管,大家只挑自己喜欢的东西吃,想吃多少都可以。如果桌上没有自己想吃的,就自己煮泡面。这种家庭里不存在餐桌礼仪,也没人教孩子怎么拿筷子。

只挑自己喜欢的东西,想吃多少都行,这是自助餐(viking)的形式。如果问一个带孩子的母亲:"您家孩子的饮食是否达到了营养均衡?"对方的回答非常暧昧:"谁知道呢,应该达到了吧。"在奉行自助餐的家庭里,家长不会管孩子吃了什么。

岩村女士认为,现代家庭已经从"分别用餐"发展到了"各吃各的"阶段。一家四口各自用餐的

---

① 居中就餐:原文为"中食"。在家吃从外面买的食物。

时间不同,吃的东西也不同。餐桌上放着杯面、糕点、打包的小菜,家庭成员依旧遵循"冷餐自助"(buffet)的形式,只吃自己喜欢的。一家人再也不是"同吃一锅饭"的关系,主妇也不再关心同桌人都吃了些什么。优先考虑自己喜欢的东西,这一饮食习惯甚至影响了圣诞蛋糕,因为一家四口"喜好"各异,彼此之间又无法妥协,最后只好放弃完整的蛋糕,四人各买一块自己喜欢的口味。

当今社会的年轻人,已经是在"各吃各的"饮食习惯里成长起来的第二代了。在这种环境下长大的丈夫也会优先考虑自己的喜好。有些男性在单身时期养成了习惯,爱在下班回家的路上到便利店查看是否有新口味便当上市,他们结婚后依然如此,即使知道妻子在家做饭,也会毫不犹豫地购买喜欢的便当回家。妻子看到桌上摆的便当盒,也不会表示出不满。

想必读者们会问,在这种饮食背景下,社会上为何还会出现"美食家风潮"呢?对此,岩村女士用讽刺的语气补充了她的观察。

自称"我们全家都是美食家，对味道可挑剔了"的主妇口中的"美食家"，只不过是偏好某个特定品牌的现成"烤肉酱料"而已。作为调查者，岩村女士更注重人们实际做了什么，而非说了什么。这二者间的落差，正是她研究的对象。

传统饮食结构的崩溃发生在更早以前。最能体现这一点的，就是正月里的年节菜肴。"现代主妇"对过年毫无兴趣，认为年节菜肴应该由自家母亲或丈夫的母亲准备，自己一家只需要到某一边的父母家"做客"。有人连这也嫌麻烦，觉得自己没理由帮夫家人干活。即使父母一代不再准备年节菜肴，这代人也不打算继承。在不久的将来，年节菜肴大概也会变成地下商场售卖的装饰品。

岩村女士把这种现象称为"饮食崩坏"。其历史研究最可怕的一点在于，她认为这种"饮食崩坏"早已在日本战败后，从新型一代的父母那代就开始了。

战后日本家庭餐桌的历史，就是给传统饮食贴上"难吃、营养价值低"的标签并将其舍弃的历史。因为要靠食用油提高营养价值,50年代的农村新生活运动才会提倡"一天一道平底锅菜肴"。成长于这段时期的女性在80年代结婚,成为主妇。当时,主妇们最常做的三道菜依次是:咖喱、炒蔬菜、汉堡包。吃着这些食物长大的21世纪初的主妇们,餐桌上只有从便利店买来的家常菜。在更早以前,从战败后那代人开始,饮食的崩坏与传统的断裂就已经发生了……

"母亲的味道"仔细想来,无论是我们三兄妹成长时期常吃的、加了浓厚芝士味酱料的大碗蔬菜沙拉,还是我最爱的蛋包饭,都是母亲小时候不曾吃过的。

想来想去,还是觉得生长在北陆[①]偏僻城市的母亲不可能吃过那些东西。母亲是把自己从未吃过的东西做给了孩子们吃。

---

① 北陆:面向日本海的日本中部地区。具体说来是新潟、富山、石川、福井四县。

原来是这样啊……话虽如此,她究竟是从哪里学来的?

母亲那代人获得信息的来源,不外乎常去的基督教会创办的烹饪教室、杂志上的烹饪食谱,以及后来的烹饪节目。在相当一段时间,饮食文化的传承方式就从家庭过渡到了媒体。

男人们恋恋不舍的"母亲的味道",原来只是一种根基浅薄的幻想。想来真是要笑掉大牙了。

如果我做了母亲呢?属于我的"母亲的味道"会是什么?如此自问自答的我也令人发笑。

小时候,我在家从不给父母打下手。彼时的社会风气是,与其让孩子打下手,不如让他们好好学习备考。我们家的饮食传承断在了我这一代,离家之后,我却在求学的京都学会了做菜,还是在京都那种摆满小菜的酒馆吧台座位上。

"阿姨,这道菜是怎么做的呀?"

一边发问,一边醉醺醺地记下烹饪步骤,这些菜就是属于我的味道。如果我有孩子，她／他会称其为"母亲的味道"吗？

我真是没资格嘲笑别人。

好奇心

我从小就是个好奇心强的孩子。

学校放暑假布置了课题研究，我想到一个好玩的点子。

在家门口的马路上放一枚硬币。有多少过路人会发现它，又有几个人会捡起它呢……我躲在角落里观察、计算，并提交了相关报告。

这里的问题在于，究竟该放多大面值的硬币。铝制的一日元硬币在沥青马路上并不显眼，即使有人看到，也可能视而不见。十日元硬币用作实验太昂贵，小孩子也负担不起。如果捡走的人太多了，还要不断地补充。想来想去，我最后决定放五日元硬币。那是昭和30年代的事了。

那是个炎热的夏天,躺着不动都会汗流浃背。我观察了两三个小时就累得不行,最后赶紧撤退了。印象中,发现地上有硬币的人很少,停下脚步捡起硬币的更是只有一两个人。加上那是住宅区的马路,行人本就不多。但我也有收获,就是意识到,走路时会盯着地面的人很少。

欸?你问我这种发现有什么意义?

什么意义也没有。

只是因为有趣。因为我想知道,人类会采取怎样的行动。如果把五日元硬币换成十日元会怎样?换成一百日元又会怎样?如果换个地方,在繁华的街道,或是学校的走廊做这个实验呢?结果会发生什么变化?就算看到硬币,也会因为顾忌四周的目光,不好意思捡起来——这样的人会增多吗?诸如此类,问题可以不断地拓展。

后来,我才知道这种方法叫"定点观察法"。是今和次郎提出的"考现学①"研究方法之一。1888年，青森出身的今和次郎进入东京美术学院，对明治至大正时期的日本都市风俗颇觉惊讶。1925年，他对银座街头的风俗做了定点观察，并把结果发表在《妇人公论》上。这一研究将银座街头的绅士和淑女按服装与发型分类，分别计算出洋装与和服、西式短发与日式发髻的数量。

数据显示，西式短发占比为42%，日式发髻占比为31%，折中发型占比为27%。其中，男性几乎都剪了西式短发，与之相对，女性剪短发的比重为0，梳日式发髻的比率很高。首先受到"文明开化"影响的男人们，想必还对短发洋装的女性心存畏惧吧。我眼前浮现出一位身穿西装的绅士，以及落后他三步，盘日式发髻、穿和服的女性。

知道了这些又有什么用呢？这些信息，对理解当年男性普选法的通过，以及后来日本发动侵略战争

---

① 考现学：以现代社会的各种现象为对象，指定地点和时间，进行有组织的调查与研究，由此对现在世相和现代风俗进行分析、解释的学科。名称来源于对"考古学"的效仿。

的行为等,可谓毫无用处。但它也让我们看到,欧化的影响在男女之间差异巨大,其中,发型的改变先于服装。

最重要的是,它能满足人的好奇心。让人一边感叹,一边惊讶着接受事实的冲击。这很有趣,不是吗?

考现学发端于日本,而非从国外引进。如果说考古学是致力于收集深埋于土中的陶器碎片,以此复原过去的全貌,考现学就是力图拼凑眼前各种毫无关联的断片,试图雕刻出"当下"这一时代的全貌。因此可以说,考现学建立在考古学的基础上。因为考现学没有对应的外语词汇,学者们便效仿"archaeology(考古学)",为其命名为"modernology"。

同一时期,民俗学学者柳田国男出版了《明治大正史 世相篇》(朝日新闻社,1931年)。他在序言中表示自己"故意没有使用任何固有名词"。翻开目录,标题都是诸如"时代之音""田园的新色彩""恋爱技术的消长"之类。说起民俗学，人们往往会产生"向某地长者打听过去的事"的联想，可以想见，这本书在当时很是新鲜。由于柳田国男沉迷于眼前极速变化的流行与风俗变迁，这本书的主人公不是人物或事件，而是缓慢但切实发生着改变的景观与感觉。说起来，民俗学原本就是同时研究"不易"与"流行"的学科，如果只关注"不易"，就无法孕育出以"流行"为对象的研究……

我到京都念大学的时候，才知道有个团体对这类变化很感兴趣。那就是"现风研"，全称"现代风俗研究会"。创会之初的成员，有很多成了后来的知名学者，像桑原武夫先生、鹤见俊辅先生、多田道太郎先生，等等。

我之所以研究社会学，是因为对有生命的对象拥有无止境的好奇心。当时，社会学还是一门新兴学科，我自认对世界一无所知，以为社会学能满足我对一切事物的关心。

实际入学后,我却非常失望。因为大学课程都是照本宣科(大教室的公共课),社会学课本里描述的"社会与个人",好像也根本不包括我这个女人。因为找不到归属感,我四处徘徊,此时收留我的就是"现风研"。

"现风研"的管理者之一,是法然院的前任住持,桥本峰雄先生。因此,"现风研"的集合地点总是在法然院的厢房。屋里除了学者、本科生、研究生,还有设计师、市场营销员、美容师、编辑,等等,大家无论出身与年龄,挤在一起热烈讨论,彼此间没有隔阂。

如今想来,桑原武夫先生、鹤见俊辅先生都是把本专业的法国文学或哲学当作门面,背地里享受着"现风研"的快乐吧。所以他们纵使忙碌,也会偶尔出席我们的研讨会。

在这里,诞生了熊谷真菜女士的《章鱼小丸子》(*Libro port*,1993年)、永井良和先生的《社交舞与日本人》(晶文社,1991年)等诸多作品。大阪最具代表性的章鱼小丸子诞生于何时何地,又是如何出现并普及的?情侣般抱在一起的社交舞,为何能在战前男女不同席的日本人之间流行,并催生出一系列舞厅,之后又走向了衰亡?最近,社交舞为何又在老年人之间再次流行?

为什么,为什么,为什么?试着提问,就会发现这个世界充满了谜团。不拒绝无聊的提问,而是紧咬不放,持续探索,就能触及意想不到的深刻答案。就算得不到任何有意义的答案,也能满足自己的好奇心,这不也很好吗?做研究,其实就是一种死前的消遣,是一种只图自己痛快的恶行……聚集在这里的人都深谙此道,一同享受着研究的乐趣。关西人的放浪形骸,也是一种善于发现乐趣的精神。

最近,源自国外的"文研",即文化研究(culture study)相当流行,看到"韩流电视剧的接受研究""摇滚音乐的文化社会学"等题目,我不禁感叹:什么呀,这不是关西研究者早在半世纪前就做过的东西吗?

直到现在，我依然觉得，立志研究社会学的人必须具备的素质里，第一是好奇心，第二是灵敏，第三和第四不知道，第五才是智力。

记忆

有一次，我与小学认识的朋友久别重逢，聊起往事。朋友的回忆充满细节，精彩纷呈，我却听得头昏脑涨。

"话说，你还记得吧？"面对朋友的不断询问，我试图跟上她的讲述，在脑海里拼命搜索，但记忆里一片空白，再怎么回忆也只是瞎忙活。

"你再想想，就是那所学校后庭里的花坛，在那个角落里……"朋友一个劲儿地说着，我却只能报以暧昧的微笑。

她越是描述，我越是觉得她的记忆丰富多彩、栩栩如生，我的记忆则像一片乌云密布的天空，混浊又单调。据说随着年龄增长,人们会渐渐记不清最近的事情,很久以前的记忆却会变得鲜明;可我完全没有这种感觉。也许是我记忆力特别差,不过好像也不只是这个原因。

我读过一本介绍受虐孩童经历的书,从中得知,遭受虐待的孩子会忘记那些记忆。为了活下去而自行封印痛苦的记忆,孩子们对这种智慧无师自通。我虽没受过虐待,那些单调的记忆却昭示着我童年的乏味。想到幼时可怜的我,真想伸手抱抱她。

打我记事的时候起,父母就在不断地争吵。母亲感叹父亲的专横,常在我们跟前抱怨。我还记得小时候父母吵架,我和哥哥躲在伸手不见五指的门后,吓得一动不动。作为家中长子的媳妇,母亲与祖母的关系不好,而当父亲的妹妹们来访,姑嫂间又会有别的矛盾。据说成长于大家族中的孩子因为见惯了复杂的人际关系,形成的人生观与核心家庭长大的孩子有很大区别。当时的我很恨独断专行的父亲,如今回首,才体会到父亲作为一家之主肩上所负的重担与心底的孤独。我对无人理解的他心怀恻隐。

翻看幼年时期的照片，会觉得我一点也不可爱。那时的我确实是个不讨人喜欢的小孩吧。如果现在的我遇到童年的我，一定也会觉得她不讨人喜欢。在所有的照片里，我从没露出过孩子气的无邪笑容。那时父亲溺爱我，我也吃准了这一点，每当他想给我拍照，我就摆出pose（姿势）配合。

但非要说起来，小孩不可爱，也不是小孩自己的责任。

我成长在被过度保护的高墙之内，与附近的小孩团体毫无交集。每天放学回家丢下书包，也没有关系要好的邻居一起玩。仅有的几个朋友，也只能在约好的情况下被邀请过去玩，而且只能在对方办生日会的时候。我虽然有哥哥和弟弟，时常跟他们玩西部片或剑戟片的角色扮演游戏，但也只能待在高墙之内。因为对墙外的世界心怀憧憬，我很喜欢爬上墙壁，偷看邻居家的院子。话虽如此，当时的我还没有走出高墙的智慧与勇气。

因为我对社会一无所知,于是接受了父亲的安排,进入他物色的中学、高中。当我提出要考驾照的时候,父亲说:"女孩子不要那么辛苦,坐副驾就行了。"我心想:哦,这样啊。就遂了他的意。如今想来真是难以置信。父亲的方针是把女孩子养在风雨不侵的温室里。为了反抗他而选择外地的大学,是我第一次为自己的人生做选择。之所以这么做,大概也是直觉告诉我,继续留在家里会变成废人。离家求学的选择是对的。从那以后,我的人生才真正拉开了帷幕。跟常人一样吃了苦碰了壁,我才终于意识到何谓自我,何谓社会。

出身于如此"险恶"的家庭,我却最终走上了正道,真是不容易啊!我偶尔也想要表扬自己。

有一次,我心绪翻涌,不觉对母亲吐露了心声:

"妈,我离家以后,靠自己重新教育了自己哦。"

听了我好不容易说出口的话,母亲的反应却令我语塞:

"既然如此,你也明白我的教育方式比较好了吧?"

看来,我还是输给了名为"母亲"的生物。

"我小时候肯定一点也不讨人喜欢吧?"

"不,那时的小千鹤超级可爱哦。"

说这话的,是我还在襁褓中时,给我换过尿布的女性。当时,父亲经营一家个体诊所,十多岁的她借住在我家,同时给父亲当助手。在我快满三岁时,她就离开了。小孩子记不住三岁前的事,所以我并不记得她,她却还记得我。在给自己换过尿布的人面前,我大概永远抬不起头来。

母亲动不动就抱怨我以前不好带,所以我一直觉得在她心里,幼时的我是个麻烦的存在。人对自己幼年时的记忆,更多的是听到周遭人的谈论——比如"你小时候……"——重新塑造的。我回顾童年时想不起任何开心的事,大概也是由于父母谈论时的态度并不积极。

然而，那位女性修正了我的记忆。她记得我早已忘记的过去。父母去世后，保有我童年记忆的人已经很少了，她是其中之一。

她是从中国东北撤离回国的人。为了在战后的社会生存，吃过很多苦头，在我父亲身边工作了一段时间，又下定决心去东京，结婚后有了家庭。如今，她的两个女儿都已成年，自己和丈夫也相敬如宾，生活十分安定。在父亲长期卧病的日子里，她不时寄来图案可爱的明信片，用清秀的字迹写着平淡的季节问候。当时的我负责在父亲枕边朗读那些明信片。送走父亲后，为了感谢她给病床上的父亲带来慰藉，我出发前往东海地区①，去她的住所拜访了她，见到了这位仅通过明信片交流的女士。我与她的对话就发生在此时。

与她记忆里那个童年的我相遇，让我凝固的记忆纷纷瓦解、凋零。

---

① 东海地区：本州岛中部靠近太平洋的地区。一般是指静冈县、爱知县、三重县及岐阜县南部。

诺玛·菲尔德（Norma Field）是美国占领军士兵与日本女性生下的孩子，她写过一本《才不是怪孩子呢》[①]（大岛熏译，MISUZU书房，2006年）。书中有部分描写令人印象深刻。外祖母一手养大了有外国人长相的外孙女，外孙女认为自己这样的"怪孩子"一定给外祖母丢脸了，成年后的她与临终前的外祖母发生了如下对话：

"外婆，带我这样的怪孩子去看医生，你不觉得烦吗？"

"才不是怪孩子呢。你是我引以为傲的孩子呀！"

原来外祖母记忆里的自己"才不是怪孩子呢"，这句话也成了外祖母死前留给她的最甜美的礼物。

旁人记忆里的我，对我而言很陌生，但他们对我的宽恕，却让我与自己达成了和解。我想珍惜拥有

---

① 原书名为 *From my grandmother's bedside*。此处根据日译名翻译。

这些记忆的人。

W坂

金泽是一座河岸连接地上的城市。名为"犀川"与"浅野川"的两条河流削平了高地,形成天然要塞,加贺百万石[①]的金泽城[②]坐落于河流间的高地,附属于金泽城的兼六园则是前田家的庭院。因为市中心就建在这块高地上,途中地势忽高忽低,自然形成了许多坡道。

我就读的高中名为"二水高中",是男女混读的县立学校。校名源于"两条河流"。我和朋友时常打趣它"就是二流高中的意思咯"。这所学校并非驰名县外的升学名校,前身是所女校,名为"第一女高",所以有种说法:"娶妻当娶二水毕业生。"校内女性地位较高,学校的政策也比较温和。

---

① 加贺百万石:指江户时期俸禄超过一百万的加贺藩。
② 金泽城:修建于战国时期,最初为加贺一向宗的据点,经过几次改名易主和重建,最后成为加贺藩领主前田家的居所。

高中生活本该"讴歌青春",实际上也有不少烦恼。

十六七岁的年纪,不算小孩也不算大人。看不见未来的出路,也对自己毫不了解。虽然想借升学的机会离开父母所在的家庭,但学习很无聊,也不知道自己在为什么而学。虽然想脱离父母的管束,却也因此意识到自己的弱小。明明对社会一无所知,又因为读了太多书,对人生感到倦怠与失望。偶尔甚至会产生无法纾解的愤怒、坐立难安的焦躁感,想毁灭世界,让一切重来。

但我并非特例。每个人在高中时期都有过类似的情绪吧。

尤其金泽这座城市,是一片沉淀了太多过去,且拒绝变化的土地。事物堆积发酵,散发出近似腐败的臭气。列维-斯特劳斯①提出的"烹饪三角"包括煮的东西、烤的东西、腐烂的东西,其中,我一直

---

① 列维-斯特劳斯(1908—2009):法国作家、哲学家、人类学家、结构主义人类学创始人。"烹饪三角"是从哲学角度诠释三种具有代表性的烹饪方式。

最喜欢"腐烂的东西",即发酵类食品。其实发酵与腐败,只是同一现象的不同侧面。出生于京都的朋友曾为我拆解"嗜好"这个词,说它表示"老人觉得美味",我不禁点头称是。腐烂的食物,不符合年轻人的口味。

我的同学里少有工薪阶层的孩子,大都是商人、手艺人、医生或僧人的儿女。每次去朋友家玩,总会听到他们的声音从老店铺深处的阴影里传来。我们这代人虽已出现少子化倾向,家中的长子长女却依然被视为家业继承人,十几岁已经有了自觉,对早已注定的人生半是理解、半是放弃。

在这个一成不变、宛如腐烂的城市里,我会像母亲一样结婚生子,又像祖母一样老去吗……虽然我还不知道自己想做什么,却很清楚地明白自己讨厌什么。

我就读的高中位于犀川之西的寺町台。我家也在寺町台。新修的教育中心则在市中心的高地、靠近金泽城的位置。那里的图书馆不仅为市民提供了方便，还安装了当时少见的空调，一到夏天，本地高中生都爱去那里复习备考。从学校到图书馆一定会经过一条坡道，即 W 坂。

"寺町"正如其名，路上密集分布着各个宗派的寺院，穿过这条路，走下陡坡，就能看到横跨犀川、通往兼六园的樱桥。樱桥也如其名，一到春天，河畔开满樱花，十分美丽。桥下立着室生犀星所作的《杏子》的歌碑，据说他笔名里的"犀"就取自"犀川"。这道陡坡上铺了石梯，从侧面看像个卧倒的"W"，所以被叫作 W 坂。石阶小路上无法通车，两旁栽满上了年头的樱树。

春夏秋冬，我从这里经过了多少次呢？樱花盛开的时节，花瓣如雪花飘零。花落满地，我踢着路面厚厚的花垫行走。樱树长出嫩叶，树冠逐渐挡住河面风景，到了夏天，蝉鸣聒噪不已。秋日里，樱树的落叶铺满石阶，走路时总能听到干燥叶片的摩擦声。严冬袭来，树叶掉光，干枯的枝丫间依稀可见白雪覆盖的城市屋顶。

无论是阳光刺眼的白天、微暗的黄昏,还是落日后的黑夜,我都曾途经此处。自从我在繁华大道"香林坊"背后发现一家咖啡店并成为那里的常客后,途经W坂返回寺町台的家,就成了我每天既定的路线。香林坊背后还有家电影院,每天连放三部老电影,我也曾坐在昏暗的座位上观赏过。那时的高中生被禁止做这些事,正因如此,才给人一种打破禁忌的愉悦。

再长大一点,我学会了喝酒,习惯在犀川的河岸边吹着风醒酒,之后再爬上坡道回家。

W坂。每当听到这个名字,我就会想起一些难过的往事。

那时的我总是低头走路,回忆里全是阶梯与石头地面、樱树树荫与踩枯叶的声音。事实上,这条坡道虽被树荫遮住了远处风景,每到冬天,树叶凋零,还是可以看到整个城市的样貌,我也曾在此驻足欣赏。金泽是座美丽又古老的城下町①,市内遍布瓦片

---

① 城下町:在封建领主居住的城堡周边发展起来的城镇。

屋顶。产自九谷烧①发源地的挂釉瓦片像层层起伏的波浪,在黑色的屋顶闪闪发光。冬天站在坡道上,白雪覆盖的城市屋顶一望无垠。这景色在游客看来是美的,在当地人眼里却是麻烦与苦涩。我驻足观看的视线并不属于游客,所以会叹息着问自己:我也要继续在这座城市里,像这样活下去吗……

江户时代,越后的文人铃木牧之写过一本《北越雪谱》。正如书中所言,北陆地区的人们一到冬天,就要与雪抗争。瓦片屋顶本就沉重,北陆的湿雪也不遑多让,二者相加,若不及时铲除,房屋就难以支撑。因沉重的积雪导致家里门窗无法移动的家庭数不胜数。在这瓦片铺就的屋檐下,家家户户都过着提心吊胆的生活。母亲去世后,独住金泽的老父亲每天都会收看天气预报。一旦没有及时除雪,连出门都会变得困难。每当听见天气预报说北陆地区要下雪,我就会胸口一痛,担心举不起铲子的老父亲是否安好。父亲去世后,最让我深感解脱的,就是北陆的天气预报

---

① 九谷烧:产自石川县九谷的瓷器。历史可追溯至江户初期。

不会再让我心痛了。

在得知我的老家是金泽时,有人会对我说:"金泽是个好地方呀。"我一般会回答:"是啊。对游客来说确实如此。"直到现在我依然觉得,如果是以游客的身份,我也想再去一次。

说真的,我并不讨厌积累时间、缓慢发酵的古城。比起新兴的郊外住宅区,这里要好得多。我孑然一身,偶尔也会摊开日本地图思考接下来要去哪里住呢?松江、松本、松山、仙台……选中的都是些历史悠久的城下町。不知为何,带"松"的地名很多。那金泽呢?父母离世之后,它还在我的选项里吗?

这条坡道我一个人走过,也和别人一起走过。有一次突然被人抱了肩膀,我吓得急忙逃跑;还有一次跟我单恋的学长并肩而行,为了隐藏自己煎熬的心情,低头躲进了长满嫩叶的树荫。

地点与风景相结合,总是会唤起鲜明的记忆与身体感觉。W坂就是这样的地点之一。即使忘了某个时间走在旁边的是谁,我也清楚地记得樱树树荫下的气息、落叶发酵的气味,以及冬天刺痛脸颊的河风与当时的心情。

我曾是个孤独的孩子,度过了孤独的青春岁月。不是没有朋友,但数量不多,也不需要太多。如今虽然受惠于人际关系,却并未因此爱上被人群包围的感觉。聚会之类的活动我会尽可能推辞,与人聚餐时最好少于五人。直到现在,我也不讨厌孤独,亦不以此为苦。

精神科医生斋藤学先生写过一本书,并在里面回答了读者"交不到朋友"的困惑。针对这个问题,斋藤先生是这样写的:

"你拥有享受孤独的能力,这很优秀。……不要再觉得'孤独有罪'了。"(《家庭悖论——成瘾·家庭问题 隐藏在症状里的真相》,中央法规,2007年)

他的解释如下:

"在人群中如鱼得水的人,因为总能在浅层次上实现自我表达,所以不会对'想表达'这件事深入思考……'表达'必须以孤独为代价。没经受过孤独的人看似快乐，实则也只是个普通人。唯有孤独的灵魂，才能创作出作品。"

世上大概也有无法创作出作品的孤独灵魂，创作作品这件事也未必有价值。他的话很符合精神科医生的特质，可以理解为一种心理安慰。不过，要孕育出作品，确实需要先积累，才能让自己内在的经验发酵、沉淀。而这些，都是独自一人才能完成的、孤独的作品。

我虽然没生过孩子，却明白这种感觉。怀抱思绪的种子静静等待。随着时间的堆积，种子慢慢发酵、成长。或许最后会生出"鬼娃"，但那也是我孕育的作品。

回忆之所以美丽，或许也是因为，它终将腐烂。

第二章

喜欢的事物

声音

最近,我常听女歌手的CD。

一开始是沉迷于朋友推荐的意大利歌手费丽帕·齐奥达诺(Filippa Giordano),之后又把英国歌手莎拉·布莱曼(Sarah Brightman)的CD听了个遍,最近则是对泰瑞莎·萨尔盖罗(Teresa Salgueiro)欲罢不能。此外,我对自己能听进声乐,尤其是女歌手的声乐作品,感到十分吃惊。

费丽帕·齐奥达诺是西西里岛的女歌唱家,不仅兼具美丽的音色与容貌,还是音乐世家的小女儿。她的存在让我感叹,上天竟会同时把两三种才能赋予同一个人。她不但能轻松跨越三个八度的音阶,还能立即唱出刚听到的花腔女高音咏叹调。她将歌剧转化为流行乐的演唱方式令人叹服。说起歌剧，人们往往推崇没有颤音的正统高音，但她的演唱优雅得当，丝毫没有压迫感，我很喜欢。

莎拉·布莱曼也是歌剧演员出身，却能自在地演唱民谣与流行乐。当你以为她会用美声唱法高昂地唱诵咏叹调时，她却以妖精般的声音在你耳畔低吟英格兰古民谣。无论是小女生的可爱，还是《玫瑰骑士》①里公爵夫人那种成熟女人的悲哀，她都演绎得淋漓尽致，歌声表现力十分惊人。

泰瑞莎·萨尔盖罗是演唱法朵②的歌手。法朵，就是五木宽之③先生为之着迷的葡萄牙大众歌谣，用他的话说，"法朵最像日本的演歌④"。虽然世界各地的人都有各自喜爱的流行乐，但法朵不及香颂⑤洒

① 《玫瑰骑士》：理查德·施特劳斯作曲的歌剧。
② 法朵：fado，意为"宿命"。法朵是葡萄牙的大众歌谣，始于19世纪前半叶的里斯本。
③ 五木宽之（1932— ）：日本小说家、随笔家。
④ 演歌：日本的大众歌谣，具体发源时间不详，20世纪60年代中期开始人气高涨。"演歌"的日文发音同"艳歌""怨歌"，因此也被解释为表达哀怨、艳情等的歌谣。
⑤ 香颂：chanson，法国的大众歌曲。

脱，不像坎佐纳[①]那样适合嘹亮地歌咏，也不需要布鲁斯[②]歌手那般洪亮的声音，它更适合芳华已逝的女人，在地窖般的小酒馆中用歌声不断地倾诉。萨尔盖罗的声音很美，但高音部略带沙哑，音量也实在不算大，她的歌声令人联想起女人深切的悲鸣与啜泣。我听的这张专辑里，有她和世纪男高音胡里奥·伊格莱西亚斯（Julio Iglesias）的二重唱，胡里奥的高音清亮有弹性，二者搭配却相当别扭，宛如一场恶意的玩笑。

聆听歌曲，尤其是女性的声乐歌曲，对我来说既费体力又费精力。不同于器乐曲目，人声歌曲对我影响极大，所以精力不济的时候实在听不了，因为它们会直击我的灵魂。

我终于能够聆听声乐歌曲的过程，跟我抗拒它的步骤正好相反。若要追溯，就像把磁带翻个面。

在那之前，我先是听不了管弦乐。因为管弦乐

[①] 坎佐纳：canzona，意大利的大众歌曲。
[②] 布鲁斯：Blues，也译作蓝调。美国南部非裔创作的一种歌曲。发源于19世纪末美国南部诸州的黑人灵歌、劳动歌等。

的音量极有冲击力,给人强烈的压迫感,让我难以承受。若是影像,还能闭上眼不去看,但声音无论如何都会钻进耳朵。直到现在,我也不太能欣赏全乐器管弦乐(full orchestra),它给我一种逼迫感,好像在说:"这都受不了?这都受不了?给我坐好认真听!"

我喜欢室内乐。以弦乐为中心的小规模乐团演奏就很好。四重奏或五重奏,而且要中提琴、大提琴这种低音域的乐器。极其少见的情况下,会有技术高超的室内乐团选择充满不协调音的当代古典乐[①]曲目,每到这时,我都遗憾不已。"音乐"明明写作"快乐的音符",这一来却成了"苦涩的音符"。我很想说:"你们的演奏才能不是为这种曲子而存在的啊。"我越发觉得,当代古典乐已经走进了死胡同。

乐器之中,我最初听不了管乐器。因为它最接

---

① 当代古典乐:20th century classical music,20世纪下半叶至今的古典乐,继承西洋古典乐的同时有新的发展,以调性为中心,否认以往的音乐形式,具有先锋性质。最显著的特点是倾向无调,并采用诸多不和谐音。

近人声，演奏者呼吸与换气的动静也令人不悦。接着是弦乐器，尤其是小提琴高音部的音色很像人类的呜咽，我实在难以忍受。最后只剩钢琴和羽管键琴。钢琴清脆的颗粒感音色和羽管键琴金属质地的泛音入耳很舒服。有段时间，我一直在听格伦·古尔德（Glenn Gould）弹奏的巴赫钢琴曲，以及古斯塔夫·莱昂哈特（Gustav Leonhardt）演奏的巴赫羽管键琴曲目。其实也只听过这些。我那时还觉得，世上只要有古尔德与莱昂哈特就够了，不需要其他演奏家。听了古尔德、莱昂哈特的演奏，其他人怎么还没因嫉妒而放弃呢？

声乐歌曲则不在我的考虑范围内。

我每天要跟很多人见面，深夜才下班回家，累得不想说话，电视机也没打开过。我不想让其他人的声音肆无忌惮地闯进我耳中，更别提吵闹的广告，简直是在我敏感的神经上乱跳。事先不打招呼就打来电话的人也很烦，所以我尽量不把家里的电话号码告诉别人。很长一段时间，我都不愿意使用手机，但父亲病重的那段日子我还是被迫买了一部。所以直到现在,手机铃响起都给我一种不祥的预感。如果打电话的人说的不是大事,我反而会不高兴,这不是对方的错。因此,多数时间我都会关机。虽说这是为了保护自己,但这样一来,手机也就失去了作用。

寂静无声的空间里滋生的孤独,才是我的伴侣。

这样的我居然会沉迷于女性声乐歌曲,实在叫人意外。

一开始是能听弦乐器了。马友友的《巴赫无伴奏大提琴组曲》成为我的良友,在深夜时分抚慰我的疲惫。我本来就喜欢《巴赫无伴奏大提琴组曲》,听过许多演奏家的版本,来自中国的马友友确如宣传所言,是彗星般闪现、拥有崭新才能的演奏家。与德国的亨利克·谢林(Henryk Szeryng)相比,他的演奏虽说厚重,但更显优美,悦耳的同时给人带来心灵的洗涤。后来我才知道,NHK制作的"再访丝路"系列主题曲,就是马友友作曲、演奏的。他把活跃在丝路沿途各地的演奏者集结起来,将他们的传统乐器与民族音乐旋律融入自己的作品。受过欧洲音乐正统训练的马友友与伙伴们共同演奏属于他"自己的音乐",那从心而发的快乐模样让我感慨:原来他已抵达这种境界。

接下来让我意外的是,管乐器俘获了我的心。契机是我在朋友位于德国的家中听了米凯拉·派翠(Michala Petri)的竖笛曲。因此,直到现在,"米凯拉"在我脑中依然读作德文发音的"米夏拉"。

派翠生于瑞典的一个音乐之家,是家里备受宠爱的小女儿。她拥有高超的技巧,却能在演奏复杂曲目的时候,给人无比轻松的感觉。竖笛的音色明亮通透,传达出她良好的教养与单纯的秉性。

爵士钢琴家凯斯·杰瑞特(Keith Jarrett)曾用羽管键琴为派翠伴奏,我听后大吃一惊。凯斯在二人合作的曲子里贯彻了配角的任务,宛如慈父用温柔的眼神守护着热情奔放的爱女。把派翠介绍给我的德国友人这样形容:

"你听,这两人之间有爱呢。"

说得对极了。听二重奏的时候，我习惯注意伴奏一方的演奏，如果伴奏者的自我表现欲太强，合奏效果大都不好。谣曲和戏剧也是一样，厉害的不只主角，有时比起主角，配角的力量控制更为重要。凯斯扮演了一个不即不离的完美"配角"。如果没有"爱"，是无法担任这种配角的。

在管乐器之中，木管的竖笛比长笛的音色更温暖，也更接近人声。

就这样，我能接受人声歌曲了。

声音大概最能表现一个人的品格。当他人的声音化作音乐进入耳中时，我体内的潮水也随之上涌。

声音的终极形态是呼吸。我只听外国歌手的歌曲也并非偶然。正是因为听不懂内容，音符才不会裹挟着意义飞进我脑海。如果是能听懂的语言，在注意音符之前，意义会先抓住我的思绪，那会搅得我听不下去。我不需要意义。因为平时已经很偏重语言了，至少在听音乐的时候，希望它不要成为我的负担。

呼唤，叫喊，呢喃，叹气，还有呼吸。生存中最基本的元素就这样成了艺术。那就是声音。

真是个奇迹啊。

我竟然一度忘记了这种喜悦,真是令人吃惊。

落日

小王子喜欢看落日。

他住在B612小行星上。因为行星很小,太阳很快就下山了。如果想再看一次落日,只要挪动椅子换个方向就行。

有一天,小王子就这样连续看了四十四场落日。

他是如此悲伤。

为什么人在悲伤时,总会想要看落日呢?

日没、斜阳、余晖……表达落日的词都带了丝感伤。

住在能看见落日的地方,是我的梦想。

如果可以,比起山上,我更想住在海边。如果每天都能目送落日沉入海平线该有多好。等我老了,退休了，就在朝西的海边买一块地，造一所小房子住，这样每天都能看到壮观的落日，心里该有多满足啊……

有部电影叫作《八月的鲸鱼》(The Whale of August，1987年)。当时已经七十多岁的女演员贝蒂·戴维斯（Betty Davis）与九十多岁的丽莲·吉许（Lillian Gish）在片中饰演一对关系不太好的姐妹。美国的缅因州拥有许多户外风景名胜，知识分子都爱在这里养老，但鲸鱼再也不游近海岸。这里的海岸上住着一对老姐妹，姐姐上了年纪依旧任性，妹妹一直照顾她的饮食起居。一天，从俄罗斯流亡而来的贵族出现在她们眼前，身份可疑的老绅士与两姐妹之间产生了诸多牵连……影片内容大致如此。八月的某一天，两姐妹发出少女般的欢笑，说："有鲸鱼！今年也有鲸鱼游过来！"这一幕也是两人和解的高潮。片名就出自于此。

看过这部电影后，我与要好的单身朋友有了新暗号："等上了年纪，我们也像《八月的鲸鱼》里那样生活吧。"但谁来照顾谁呢?我们一直没讨论过这个问题。

荒凉的岩石海岸。冰冷的北方之海。鲸鱼出现的大洋。一望无垠的海平线。这种环境可谓理想的环境,唯一的缺点就是看不到日落。缅因州面朝东海岸,只能看到日出。但对起床晚的我而言,能看到日出没什么可高兴的。因为我起床的时候,太阳已经升得很高了。

此外,日出和日落还有决定性的区别。就算只是倒放影像,也能看出二者的差异。日出时的太阳总是果断、明快地照亮东方的天空,转眼就驱散了黑暗,缺少日落时那种摇曳的风情。

住在京都那阵,我的家在公寓顶层,每天都能看到落日没于西山背后。西晒的房间很热,但我还是选了有窗户朝西的房间,每到日落时分,就停下手里的工作静静地眺望。不过,落入山后的夕阳与落入海平线或地平线的夕阳不同,太阳实际还在很高的位置……想到这里,我就又恨又急,如果我是小王子,就能爬上阶梯,走到屋顶,再看一次落日……

我见过最壮观的海平线日落,是在印度的孟买。从朋友住的高层公寓阳台向外望去,燃烧晃动的日轮把天际染成金色,徐徐落向印度洋。当它沉入海里那一刻,我几乎怀疑海水会猛然沸腾。后来,我也在巴黎和西班牙以西的海岸看过类似的海平线日落,但没有一次能比得上孟买那天傍晚日落的壮观。不过,当视线离开壮丽的夕阳,从有钱人居住的高层公寓阳台落向地面时,会看见腿部残疾的乞丐坐在推车上乞讨。或许正是这种鲜明的对比,才给我留下了如此深刻的印象。

我见过最理想的日落,是在加拿大的温哥华。当地有很多码头区,纬度也高,太阳下山需要很长的时间。我喜欢在面朝大海的地方吹着凉爽的海风,单手拿听罐装啤酒,悠闲地等待日落。等待的时间如此幸福,几乎让我感叹,除了当下所有,我什么都不需要了……

温哥华北部有片郊外住宅区,叫西温哥华。从下城区开车过去需要四十多分钟。因为二者之间只有一座桥相连,在下城区上班的人每天都要经历痛苦的早晚高峰。而作为弥补,他们拥有广阔无垠的自然景观和温哥华文化人都向往的居住环境。在西温哥华临海的斜坡上,有某位陶艺家的房子。斜坡很陡,仿佛要就此冲入海中,坡上零散分布的房屋视野都很好,彼此间不会造成干扰。每家每户都能看到海景,也绝对能见到沉入海里的落日。傍晚时分,天色尚明,我和朋友在一家临海的餐馆吃饭。这是一场漫长的晚餐,我们一心聊天,直到四周陷入黑暗。菜品虽然朴素,风景却令人餍足。

"真羡慕你的生活啊。"说了这话以后,我一度认真考虑过移居温哥华。

温哥华的景色虽美,但也有个缺点,就是不直接面向大洋。西边的海上,名为温哥华岛的大岛隔绝了风浪的来袭。从温哥华内陆到温哥华岛,坐游轮需要三个小时。中间零星分布着许多大大小小的岛屿和无人岛。海峡如内海般风平浪静,像个巨大的湖泊。

加上墨西哥暖流经过此处，冬天也不会太冷。温哥华岛的南端有个城市叫维多利亚，气候也很温暖，它与温哥华都入选了"加拿大老年人退休后最想居住的城市"前三名。

富裕阶层都梦想着拥有群岛中的一座岛。作家森瑶子就一度买下了这样一座小岛。因为游轮不会在岛上停靠，想外出只能开自家的船、购买私人飞机，或搭乘出租飞机。森女士曾邀请我去玩，说在她屋外的海岸上能捡到地中海紫贻贝。我接受了邀请，但最终没能成行。因为出租飞机的往返价格实在太高。

平静的内海或许适合老年人。但我更喜欢外海。温哥华岛是个南北细长的岛屿。一旦越过岛中心的狭窄分水岭，气候风土就截然不同了。东部是青翠欲滴的森林地带，西部是荒凉无边的沙滩。来自太平洋的风浪与全年无休的偏西风汇合，压弯树木，又把漂流和倒掉的树推向渺无人烟的海滩。

见了这种景观，人为何会产生心灵的震撼呢？比起接纳人类的自然，我自幼就更喜欢拒人于千里之外的自然。自然的存在与我毫不相干，在我出生之前，在我离世之后，无论我在或不在，都一直存在。这让我非常感动。我虽被允许短暂地寓居自然，却无法长久地停留其中。人的存在几乎只是瞬间，因自然的反复无常，我们得以感受它的大度、丰饶与严苛。这些都是我从户外生活中学到的经验。是因为我的职业太具社会性，才会生出这样的反叛心理吗？

最让我难忘的落日，是在靠近爱尔兰北部，一个名叫多尼戈尔的乡镇海边别墅看到的。偏西风带来的风浪一刻不停地吹向大西洋沿岸的石壁。树木在此无法生长，只有欧石楠密布的沼泽地里站着几只迎风伫立的羊。这是一片贫瘠的土地，羊的数量比人还多。有时一大早就有满身酒气的红脸男人经过身旁。这里的居民大都是老人与孩子，正值盛年的男女极其少见。因为村子很穷，他们只能越过海岸的石壁，到对岸的美国去挣钱谋生。如此想来，也只有从早就灌下威士忌之类的烈酒才能强撑着人活下去吧。

我在那栋别墅里集中精力做翻译。完成一天的工作后，我会在天光尚存的傍晚出门散步。站在海岸的石壁上，感受着海面吹来的强风，环视着眼前那群海鸟。鸟群忽上忽下，犹如被风捉弄。亏它们没有撞上岩石啊。我钦佩不已。接着，我在原地目不转睛地看着太阳缓缓坠入大西洋。

等到夕阳最后一丝余晖消失在海平线彼岸，我在天黑之前回到家，点燃火炉里的泥炭，烤暖身体，开始准备晚饭。

每当想起爱尔兰，在那些日子里看过的日落就会鲜明地浮现在我脑海中。它那么美，仿佛一整天就是为这一刻而存在。

一一数来，我收藏的落日好像已经相当丰富了。

落日不属于任何人，也无法独占。无论目击者有多少，都能均等地分享。只要心有余裕，愿意放慢脚步，停下手中事务去欣赏……

汽车

"我老婆那个人，一握方向盘就不松手，她是真的很喜欢开车呀。"一位男士如此说道，接着又加了句，"她跟你一样个子小，大概因为体形小，驾驶庞大坚固的汽车才更有成就感吧。"

很长一段时间里，我都觉得自己应该坐在副驾。多么有"女人味"的想法啊！

父亲考到驾照的时候，我年纪还小。看着驾驶座上握紧方向盘、因紧张而动作僵硬的父亲，身为孩子的我也轻松不起来。

父亲说"这么难的事，交给男人就好"，我也只是想着，哦，这样啊。

还在上学的哥哥在父亲的要求下考了驾照，接着是弟弟，唯有我被跳过。直到那时，我仍未对"女人该坐副驾"一事产生怀疑。

到了三十多岁，我生来头一回在美国长住，才意识到出行的不便。芝加哥是个汽车社会，没有车子，到哪儿都不方便。开往下城区的公交车、电车是小偷和强奸犯的老巢。有人建议我，为了人身安全，尽量不要进空车厢，要坐在驾驶员能看到的地方。

联络驾校之后，一个面相实诚的大叔驾车出现在我的公寓前。美国的驾校没有专用的练习场地，刚开始学车就得上公路。教官的座位上虽然有辅助刹车，但作为新手第一次握方向盘就面临这种情况，实在吓得人魂飞魄散，直到现在想起，我都禁不住同情自己。

试着驱动汽车，我不由得感叹：什么啊，居然这么简单。坐驾驶座的人竟然这么爽。究竟是谁说女人该坐副驾的？

沿着密歇根湖北上环湖自驾时，我开的车虽然又老又破，好心情却丝毫不受影响。我喜欢追赶前面的车，直到不觉间超过对方。美国朋友们给我起了个绰号，叫"神风司机"。当时，周围的车辆好像都有意避开我的车，过了段时间我才意识到，如果其他司机跟我一样都是新手，超车就太危险了。后知后觉的我惊出一身冷汗。

我喜欢汽车。只需简单的操作就能让引擎发出震动的声响，猛然提速，这感觉叫人欲罢不能。转弯时的操作也很畅快。即使小个子的我坐在巨大的美式车驾驶座里，被仪表盘阻挡视线，几乎看不清前方的路况，汽车依然会根据我的指令而动。文章开头那位男士的老婆的心情，我深有体会。

喜欢汽车的男人很多。按照弗洛伊德的解释，汽车是女体的象征，驾驶汽车会给人一种驭马的征服感。撇开性方面的比喻，开车对女人来说也很快乐。尤其是当你从副驾换到驾驶座，快乐的感觉也会倍增。

不过，我并不是恋车癖，不会把车子擦得洁净无瑕，也不会把蜡打得光可鉴人。每次换车，我都要求店员"给我最不显脏的颜色"，所以最后大都是银灰色。我就是个如此邋遢的车主。

汽车是出行的工具，也是一种实用物品。尤其值得称道的是，它操作性良好，具有稳定性，值得信赖。

仔细想想，我跑过的地方也不少了。

美国大陆横向、纵向两条线都跑完了。横向是从西雅图到纽约，纵向是从芝加哥到新奥尔良。跑完这两条线的人应该不多。

欧洲则是以德国为据点往周边跑。从波恩到柏林，到布拉格，经西班牙前往葡萄牙。

在澳大利亚时，我取消了机票，从阿德莱德前往墨尔本，两天开了一千公里。

我喜欢开车时的速度感与紧张感。

速度让人上瘾。汽车则能让人体验肉体无法抵达的高速。以超出人类极限的速度驱车会令人紧张。当时速超过一百公里，就能产生极速奔驰的感觉；时速超过一百二十公里，车体会变得不稳定；时速超过一百四十公里，视野会变狭窄；一旦时速超过一百六十公里，再微小的操作失误或与障碍物的轻微碰撞，都可能让汽车翻倒，十分危险。这种潜在的危机会让人因紧张而倍觉刺激。在美国那种长距离的笔直公路上开车很容易疲倦，这种时候，我大都会提高速度。一想到高速行驶时瞬间就可能没命，倦意也就消失了。这方法对我很管用，可见，我确实是个胆大包天的驾驶员。

德国的高速公路没有限速。弯道设计经过精密的计算，不减速也能安全通过。三百公里的距离一般只需两个小时。在我看来，吝啬的德国人居然不介意燃油费的消耗，这实在太奇怪了，德国朋友却说，他们吝啬的"不是钱，而是时间"。果真如此吗？以环保为口号的德国绿党，有时会突发奇想地给出高速公路限速的提案，最后大都因为得不到民众支持而被搁置。据说真正的原因是"绿党人自己也不愿被限速"。

不过，超过人体感觉极限的速度，不适合在身心疲倦时体验。我曾在极度劳累后乘坐新干线，被窗外快速掠过的景色弄得想吐。虽然知道这不是正常该有的速度,可一旦体验过,就一辈子难以忘怀。

我与"东大的姜先生",即政治学者姜尚中先生聊天时,出乎意料地在汽车话题上很有共鸣。他说他也是个速度狂,我们相视而笑,互相打趣对方"压力过大"。

汽车似乎有种魔力。佐野洋子女士在六十八岁得知自己患癌只剩两年寿命时,立即在从医院回家的路上冲进汽车经销店,买了辆"美洲豹";这件事记录在她的随笔集(《无用的日子》朝日新闻出版,2008年)里。我对此非常理解。

我有个朋友总是念叨着要在死前开一回保时捷,还说"想做什么就去做,考虑别人干什么,区区一辆车,买就行了……"。这样的他却因癌症而病故。当时只要他想,明明是可以实现愿望的,他却连这点小事都没来得及做,不到六十岁就去世了,真是个笨蛋……每当想起他,我都不免如此感慨。

将来会不会有么一天,石油再也无法购买,

我们看着变为大型垃圾的汽车,心想:我也经历过那样的时代呀。

书架

我讨厌别人窥视我的书架,因为这无异于窥视我的脑子。但我却喜欢窥视别人的书架,哪怕被视为一种恶趣味。

人类的脑子里,有99%是由别人的语言与观点构成的。属于自己的原创部分只有剩下的那一丁点。所以一个人读过的书,也表明了其脑内想法的历史轨迹。

不只如此,从外部难以发现的特殊怪癖、嗜好等,都会体现在这个人的书架中。书架,就是脑内事物的存储目录。

我的书分别存放在三个地方。任职学校的研究室、东京的家,以及山里的工作室。我偶尔会接到"参观书架"的采访请求,但只对外展示研究室的藏书。因为这部分是具有公共性质的、与工作相关的材料，被再多人看到也无妨。家里却有很多我不愿展示也不想被人看到的书。如果有人参观我的书架，大概会对诗歌类书籍如此之多而感到讶异吧。这类书我统统放在家中。此外，还有情色类书籍……

插画作家内泽旬子女士的工作内容十分独特，她曾在创作《老师的书斋——现场报道插画 有"书"的工作室》（幻戏书房，2006年）时，到我的研究室取材。上野研究室两侧的书架到天花板都堆满了书，而这只是其中三分之一，往里走还有。所以实际藏书量是乍见的三倍。

有人会惊讶地感叹："欸——您居然看过这么多书？！"因为书是研究者的谋生工具，数量自然多，并不值得夸耀。至于我是否全都读过，则属于企业机密。

比起藏书量，我更引以为傲的是自己使用的图书分类法。日本图书分类大多采用十进制分类法[①]、所属领域分类法、开本大小分类法等,我却是按作者姓名的五十音[②]进行排列。所以,如果要找鹤见和子女士的书,只要按她的姓名首字发音,在"つ"类(T)[③]书籍寻找,就能在第三列书架的深处找到。

这种分类陈列的方法,是我从纽约下城区的二手书店"斯图兰德"(Strand Bookstore)的"八英里书架"学来的。这家店的所有书架都摆满了书,据说把楼上楼下的书全部放在一起,足有8英里,即12.8千米长(截至2008年的现在,几家店铺的书籍加在一起已达18英里)。该店的书籍完全是按作者姓

[①] 日本十进制分类法:在"杜威十进制图书分类法"的基础上编制而成的一种等级列举式分类法。先把知识体系分为十类(0~9),再把每个类别细分为十个纲,每个纲细分为十个目。往下的细分则以小数点后的数字表示。例如,文学是大类中的9××,日本文学是91×,日本文学中的小说、物语是913,再往下按时代分类记作913.×,再按题材分类则记作913.××。这种分类方式相对固定,多被图书馆采用。
[②] 五十音是日语发音的基础,类似于中文的拼音。按五十音顺序排列,类似按拼音顺序排列。日本很多书店的文学类书籍都采用按作者姓名五十音顺的分类法。
[③] 鹤见的首字发音为つ(tsu)。

名的首字母顺序陈列。我对此钦佩不已,这一来,无论什么书都能找到了……于是,我借用了这个法子。先前尝试过各种书籍整理方法都不甚满意,直到用上它。

这种陈列法的效果卓绝。

首先,是能消灭书籍的库存积压。书这种东西,虽然买了,却总是会找不到放在哪儿。我时常为了短短几句引文而翻遍书架,眼睛充血都找不到想要的那本,只好再买一次。所以整理书架时,总能发现两三本一模一样的书。

库存积压(dead stock),按字面翻译就是"死掉的藏书"。图书馆虽然是书籍的仓库,却不是埋葬"死掉的藏书"之所。如果没人取下书本,使其复活,书就真的死去了。自从采用了"斯图兰德"的图书陈列法,我再也不会找不到想要的书了。换句话说,"死掉的藏书"比率有所下降。与此同时,还能防止自己冒失地重复购买书架上已有的书。

此法还有个效果,就是能让所有人都熟练使用我的书架。我的研究室内常有学生进出,采用这种陈列法,只要拜托他们"帮我拿一下恩洛(Cynthia Enloe)的书",他们就能在"え"(E)区域找到它。即使没有书目,学生们也能在我的书架上找到他们想要的书,自由地借阅。只要知道了想找的书的作者姓名,比起去图书馆搜索,在上野研究室专业方向的书架里寻找更加省事。

不过,维持这种陈列也要花费相当的成本。从书架里取出的书必须放回原位,这项工程意外消耗体力。每当开始一个新的研究项目,我都要抽出大量书籍堆在一起,用完后再放回去就很麻烦。为此,我会付费聘请学生来帮忙整理研究室的书架。若非如此,这种分类法就难以维持。

然而,这种方法也有缺点。就是很多时候记不住作者的名字。尤其是几人合著的书,虽然记得想找的那个作者,但就是想不起编者的姓名。有时候书籍装帧、开本大小都浮现在脑子里了,却怎么也想不起书名与作者名。大概也是因为我年纪大了吧。

另外，这种分类法也不像按主题陈列的书架，无法在关联书籍中发现意料之外的惊喜。毕竟是按作者姓名的发音顺序排列，毫无深意。非要说有什么意外之喜，就跟翻开词典、不小心瞟到旁边词语时的心情一样。

因为书架拥有自己的个性，哪本书放在哪里，只有书架的主人知道。但主人的脑容量也有限，随着书籍增多，主人可能也会忘记。除了脑容量，书架空间也有限，很快就会被填满，接着只能把书堆在地上，任其散乱在各处，占满房间。内泽小姐到访过的书房就有类似的情况——她能把见过的场景惟妙惟肖地重现在插画上，这种才能令人惊叹——我见了不禁莞尔。那幅画显示出房间主人是个爱书的读书人，叫人心生好感，但环境看来应该相当不便吧。我以前大概也是这样，看来现在的做法确实比较好。思及此，我又安下心来。

参观过效率至上的上野研究室书架后，内泽小姐写了如下内容：

"'被人看到书架，就会暴露我的人格，所以家里的书架绝不对外展示。家里的我是另一种人格。呵呵呵。'当我惊叹于老师对如此庞大信息量的驾驭能力时，突然听到这样一句话，莫名觉得她很妩媚。心跳加速，以至于想不起接下来该问什么。"（摘自前书）

没错。我不会把无关的书展示给别人……

在亚马逊（Amazon）网购书籍时，每下一单，都会提示"购买这本书的人也买了以下书籍"。不仅如此，还有"您过去买了以下书籍"的记录。

看似便捷，也令人毛骨悚然。

留下这样的记录，自己脑中的轨迹会被人破解吗？

说到这里，我想起一件事。

我在京都念书时，常去中京区的"三月书房"。这家书店在业内颇有名气，不只人文方面的书目齐全，布勒东、巴塔耶、涩泽龙彦等超现实主义、幻想类作家的作品也很丰富。思潮社的现代诗文库与歌集类也很齐全。在这家店的书架上，我接触并喜欢上了吉冈美、吉增刚造等现代诗人，塚本邦雄、葛原妙子、加藤郁乎等前卫歌人及俳人的诗歌。

店里还有京都人文书院出版的《萨特全集》，我从中偷走过一本《圣热内》，这件事也成为刺痛我心口的回忆。当时的我认为，花钱购买这本介绍"小偷诗人"让·热内（Jean Jeunet）的书，实在有悖他的美学。

店主S先生总是悠闲地坐在书店深处的收银台旁。他与京都内外的知识分子、文化人常有来往，也是业内的名人。书架陈列的书籍都经过了他的精心挑选。那时候，书店还是文化的基地，也彰显着从业者的个性。

有一天，我拿着想买的书去收银台结账。S先生看着我递给他的书，说：

"我就知道你会买这本书。"

瞬间，我大脑充血，不知如何回应，只好默默地接过那本书，飞速逃离现场。

从那天以后，我就再也没去过那家书店。

听起来是不是很别扭?

S先生或许只是在对我表达关切,而我只是自我意识过剩也说不定。但那一刻产生的被看穿似的羞耻感,直到现在还无比清晰。他大概也并不知道,从那天以后,我为何再也不曾踏足他的书店。

不知过了多少年,我又一次来到三月书房。S先生已经去世,店主变成了他的儿子。从出版方直接进货布置而成的书架还跟从前一样,不知是不是心理作用,我总觉得它们有些泛黄陈旧,仿佛时间还停滞在从前。但S先生已经不在,我也不是从前的我了。

所以……对他人书架的好奇心,要适可而止。

滑雪

每当天气变冷,我就会很开心。

这种程度的冷还不够,要更彻骨的冷!我如此想着,并在心底期待再冷一点,让落下的雨都变成雪吧。

这种念头，出现在我开始滑雪之后。

每年九月，滑雪季即将开始时，我就进入了准备模式。要么突然开始做屈伸运动，要么不乘电梯，改爬楼梯。

我二十岁以前也滑过雪。给皮靴装上卡扣，踩着比自己身高还长的滑雪板去参加滑雪合宿。之后中断了二十年，四十岁以后，我又开始滑雪了。

当时，平泽文雄先生刚好在NHK开设了节目《初老阶段的滑雪教室》。我不禁思索，多少岁以后算"初老"呢？听人说是四十岁以后，那我当时正好符合条件。

经过二十年的空白期，踩着两块滑雪板站在滑雪场上的我，跟初学者毫无二致。提心吊胆地滑完初级路线，却被教练一顿"指导"，说我腰太靠后、屁股翘得太高。

很久没一起滑雪的朋友说"没事啦"，又带我坐索道去了白马八方尾根的"兔平"——当地有名的斜坡。朋友丢下我，三两下就滑降下去，消失无踪，我急得想哭,只能不断重复斜滑降和踢转的动作,好不容易才下到坡底。朋友一脸严肃地问我:"你脸色怎么这么差啊。"想来我一定是被吓得脸色苍白。

重新开始滑雪,发现装备全都变了样,滑雪板也跟从前截然不同。现在的滑雪板叫"卡宾板"(carving ski),板面宽、长度短,稍微改变重心就能灵活地移动,操作起来很是方便。与过去的滑雪板相比,简直是高科技。滑行时也不用摆好姿势、两板对齐往下滑,只要张开双脚与肩同宽,像走路那样自然迈步就好。仅仅是道具的变化,就给人一种技巧提升的感觉。这样一来,无论高手还是新手,都能以自己的方式享受滑雪的乐趣。

话虽如此,要滑雪,还必须拥有健康的膝盖与腰,且视力、平衡感良好。哪怕有一项不合格,就没法滑了。五十岁以后还能滑几次雪呢?我掰着手指认真数过。既然次数有限,每个滑雪季都不能敷衍了事。为了充分享受其中,我甚至考虑减少滑雪季的工作量。

我家附近有家用滑雪练习场。从山里的房子开车过去只要十五分钟。为了赶上早八点的索道,我总是在七点半天还没亮时起床,八点左右出门。在保暖衣外叠穿毛衣,外面裹着全套滑雪服,整个人包得严严实实。寒冷是年龄的大敌。此外,还要套上围脖、口罩、护目镜与帽盔,戴上厚厚的手套,蹬上滑雪靴,简直是在太空行走的打扮。我一使劲儿,把滑雪板、滑雪杖扛上肩膀,寒冷不近人情,风像刀割在身上。

我一边嘟囔"玩这个还真是辛苦啊……",一边走向滑雪场。

不过,在索道启动前站在等候区,在清晨光滑无痕的斜坡上尽情滑动,那快感就像入喉的第一口啤酒,别提有多畅快。哪怕来之前的准备再辛苦,此刻也都能释怀。

滑雪场有整季通用的会员卡,我的年龄还能享受长者优惠！我真是做梦也没想过，自己能用长者优惠的整季会员卡滑雪。

毒舌的朋友用关西话说：

"这不就是让人玩个痛快后赶紧去死的意思嘛。"

不知是否出于这个原因，滑雪场的常客以老年人居多。他们拿下帽盔，往往会露出一头银发。难道这项辛苦的活动，在年轻人那里已经不受欢迎了吗？事实上，比起滑雪场大流行、人人叫嚷"带我去滑雪"的20世纪80年代，如今的滑雪人口确实少了很多。

因为我掌握了节能省力的滑雪方法，怎么滑都不觉疲惫。只要移动重心，就能不断往下滑。既不会出汗，也不会导致腰腿疼痛，几乎不像是在运动。违反重力的上升运动，就交给索道或吊篮之类的机械。我只管往下滑就好。在人生的下坡阶段，还有比滑雪更适合的活动吗？这么看，滑雪果然是属于年长者的活动，我牵强附会地想着。

在偶然的情况下，我见到了用坐式滑雪椅①滑雪的人。一个下半身瘫痪的人用两根滑雪杖控制着剃刀般的滑雪板，熟练地滑下了斜坡。即使如此费劲也要滑雪吗……没错，即使如此费劲也要滑雪。它就是这样的活动。啊，哪怕下半身瘫痪也能那般享受其中，真好。我从中获得了安慰。

远远望去，滑雪场无情地劈开了山体斜面，又将其推平。在对环境的破坏程度上，与高尔夫球场不相上下。偶尔听到某滑雪场关闭的消息，会觉得这样更有利于环境，但又不由担心，那些因此赔本的经营者是否有余力让它恢复原样呢？不过，与强行破坏平地的高尔夫球场不同，滑雪场只是把没有使用价值的山体斜坡削掉一部分拿来使用。真是抱歉啊。我不禁想为它开脱两句。

据说从前，人们会扛着滑雪板冒雪登山，在新雪之中滑上一圈。相比之下，如今能坐索道上山的滑

---

① 坐式滑雪椅：下半身不便的残障人士专用的滑雪工具。

雪练习场，只是都市人的娱乐项目。朋友的丈夫出生于岩手县，不管我们怎么劝说，他都不愿和我们一同前往滑雪练习场。用他的话说，滑雪是冬天出行的手段，必须有确切的目的地，比如从家到学校。所以他不愿毫无理由地陪我们在同一区域反复上下。

不过，瑞典、芬兰等雪国的居民也真是厉害，能把一年中最严酷的季节，变成户外活动最有趣的季节。身在自然中的喜悦无法替代，人也会发自内心地嘴角上扬。这难以抑制的快乐，就是户外运动特有的收获。我想把这份快乐传递给所有人。说起来，擅长独处的人好像大都喜欢户外运动。只要投身于自然，就会变得无欲无求。因为自然瞬息万变，同行者里必须有人熟知它最细微的变化。话说回来，无论我在或不在，都对自然毫无影响，这种无关性很好。即使如此，我也感到由衷的喜悦，这大概就是被自然接纳，作为其中一分子而体会到的生之喜悦吧。

宠物

有一种病,叫宠物丧失症候群。

失去配偶会难过,失去宠物也会难过。把长年相伴的人生伴侣与宠物进行类比,或许会被认为不够慎重,实际上,失去宠物的人深切的悲伤与叹息,并不亚于失去伴侣的人。

宠物也被称为动物伴侣,是人类生活的伙伴,人生的同行者。它们不在意人世间的各种价值、贵贱、美丑、贫富、差距等,只会一个劲儿地用清澈的眼眸望向主人,忠实且永不背叛。即使是被世人抛弃的灵魂、无法与人共处的孤独存在、失去希望的潦倒之人,它们也会交付信赖,亲切地靠近。因此,对养老院的老人、宅在家中的青年、拒绝上学的少男少女①来说,宠物是极为重要的伴侣。

一位沉迷工作的男性朋友对我发牢骚,说跟妻子关系冷淡,正值青春期的女儿也总用嫌弃的眼神看

---

① 主要是出于心理原因或遭受暴力等而不愿上学的孩子。

他，每天回家毫无快乐可言。唯一感到欣慰的，是家里养的柴犬总是拼命摇着尾巴欢迎他。这也成了他回家的动力。

"家里欢迎我回去的，只有狗哦。"

他略带自嘲的口吻总是显得讽刺，唯有说起宠物时，才会露出单纯的表情，眉眼带笑。

没有朋友，只有狗做伴的孤独少女……就是少女时代的我。因为父亲把我养在高墙之内，我与世隔绝，被附近的小孩们孤立，中学时期还要每天坐电车和巴士到很远的地方上学，每次升学又被丢进一群陌生人里。

我从小就不断地养狗。狗的寿命短，接连养的几条都在我眼前死去。我每次都会号啕大哭，不断地后悔自责，想着"当时应该那样做""如果这样做就好了"。但过了一阵，我又想养狗了，有了新的狗，我便会忘记难过，沉迷在新的快乐中。长大懂事以后，我渐渐从以前养狗的经验里总结出了如何养狗。

养狗是双向陪伴,狗也有自己的情绪。我意识到,必须配合它的情绪才行。

再往后,我跟男人谈恋爱时也会对他们说,如果跟我交往让你感到哪怕一丁点儿的快乐,你也该感谢我之前的男友们,因为他们让我学到很多,才有了现在的我……

不过,炫耀宠物或是谈论宠物的话题,最好选对聊天对象。没养过宠物的人无法理解你的心情,可能还会觉得你蠢。只有面对同样喜爱宠物的人,才能尽情分享彼此的宠物故事。

当家里养的小鸟意外死亡时,我连续哭了三天三夜。顶着哭肿的眼睛不好出门,加上我一遇到熟人,就会禁不住地哭诉"其实我家的皮皮……(皮皮是小鸟的名字)",话一出口又是涕泗滂沱,与人见面也成了难事。我甚至想,亲人去世都有服丧的习俗,宠物死亡怎么就没有呢。真是什么事都干不了。父母去世的时候,我也没哭成这样。

外人或许会在心里笑话我傻吧。

只有同样饲养宠物的人才会对我说:"我明白你的心情。"因此,我会选择倾诉的对象。跟不喜欢宠物的人倾诉,对方的一脸漠然会让我难受;但面对能与我共情的人,虽然对方能安慰我的悲伤,我却反而会因此泪流不止;所以无论跟谁见面都很为难。

这只鸟非常奇妙。

一天黄昏时分,我下班回家,在路旁的施工现场发现了一只纯白的小鸟,它无所事事地出现在昏黑的天色中,看起来不像野鸟。我轻轻走过去,伸出手,那只鸟"啪"地飞起来,走开一步,两步,第三步却停在了我的手上。这只能说是命中注定了。

我轻轻将它包裹在掌心里,急忙带回了家。我小时候养过鸟,知道小鸟体重轻,必须不断地进食才能活下去,只要有一天没进食,就很容易死掉。不知道它是从哪里走失的,既然如此亲近人类,毫不畏惧地停在我手上,估计也没什么野性,没办法自己觅食。

我找了个现成的空箱子安置小鸟,自己跑去了附近的超市。超市即将关门,但我无论如何也要在当晚买到小鸟的饲料。

从那天起,皮皮就成了我家的一分子。

不知道它以前的主人是怎么教的,皮皮完全不怕人。它总是在家里跟着我走来走去,我一进厕所,它就在外面唧唧地叫着催促我。我写作时,它就静静地待在我手上,没过多久就睡着了。也是在那时候,我才知道鸟与人不同,眼皮是从下往上闭起来的。为了不惊扰皮皮的睡眠,我只好停下手头的工作。我吃饭的时候,它会落在我的肩膀上,觉得无聊了就啄我的耳朵。因为皮皮的行为举止太像人,我估计它是把自己当成人类了。

冬天临近,意味着房间里需要采暖了。我往常都是在室内使用煤气炉,但考虑到排出的废气对小鸟有害,就一咬牙,在租住的公寓里安装了当时还算先进的FF（强制排气）式瓦斯暖风机。

皮皮每天都要洗澡，随着天气变冷，水温逐渐下降，它下水前也开始犹豫。见状，我在洗脸池里蓄上温水，用手掬起一捧，让它飞到我掌心里洗温水澡。因为它总是用力地拍打翅膀，我也会被溅得满头满身都是水。但一想到是为了皮皮，也就不觉得麻烦了。

出于这样那样的原因，我给它起名为"国际娇惯鸟"。

我不是娇惯孩子的家长，却是娇惯宠物的主人，旁人听了这些大概会觉得愚蠢吧。所以说，想聊宠物的时候，最好仔细挑选对象……

在对养育者无条件的依赖和信赖这一点上，宠物跟幼儿类似。孩子稍微长大一点，就会懂得耍诈、献媚、怀疑和轻蔑，但襁褓里的幼儿为了活下去，只能对父母寄予无条件的信赖。

我有个朋友患有小儿麻痹症，双腿无法自由活动,自小就是在父亲的怜惜与溺爱中长大的。父亲每晚都要把年幼的她抱进被窝,轻抚着她睡觉。对她而言,异性之爱的最初体验,就是父亲给予她的全身心的爱。长大后她才意识到,在其他异性身上寻求父亲给的那种爱是不可能的,无论什么样的爱都是相对的、有条件的。因此她对结婚并无念想。

"不过啊,我还是想有个孩子。"

因为她觉得,孩子可以给她无条件的爱,以及无人比肩、无法取代、不掺杂谎言的信赖……

她认为有了孩子,就能成为孩子无可取代的"唯一"。听了她的愿望,我却无法对她表示赞同和鼓励,告诉她:"是啊,没错,要不生一个?"

因为这是把孩子当成了宠物。我很清楚,对宠物的渴望里不只包含无私的爱,还存在一种想让对方无条件依赖自己、服从自己的私心。如果以这种态度生下孩子,孩子就太可怜了。孩子不是宠物。事实上,在被父亲当作宠物溺爱的童年时期,我已经敏锐地意识到父母的爱有多任性了。这样一来,比起生小孩，饲养宠物的罪责要轻得多。

无论是听别人聊宠物，还是与人谈论自己的宠物都要适可而止，因为这不仅像在炫耀自己纯洁无私的爱，也冷不防暴露出你心底藏不住的自私。

退休之后……我想养狗。哎呀，这想法有点危险。虽然心里明白，我大概还是无法拒绝这种诱惑。

俳句

这个国家拥有全世界最短的诗歌类型：俳句[①]与短歌[②]，其中有些令人难以忘怀，是我爱诵之句。每到绿意盎然的五月，我总会想起下面这句：

活下去，五月是青，风之色。（惇郎）

[①] 俳句：由"五七五"的固定音节形式构成，包含季语的短诗。在后来的发展中也有形式与内容上的变化。
[②] 短歌：和歌的一种形式。由"五七五七七"的固定音节形式构成的诗歌。

我是从报纸专栏的引文里看到它的,作者不详。后来才知道是《朝日新闻》的《天声人语》栏目的著名专栏作家深代惇郎先生所作。明明只读过一次,我却再也无法忘怀。五月的情绪被他表达得淋漓尽致。我眼前依稀浮现了鲤鱼旗①在五月青空中翻飞的画面。想来,无论是久病患者,还是抑郁的年轻人,都会因此而想要活下去吧。这种五月的情绪令人共鸣。

我年轻的时候就熟悉俳句。不对,准确说来,不是年轻的时候,而是当我参透自己不再年轻的时候,邂逅了俳句这种诗歌类型。短歌与俳句,这两种短诗类型的文学就像同父异母的兄弟,关系相当恶劣。明明起源相同,或者该说正因起源相同,才彼此憎恶。

我避开短歌,选择了俳句。原因之一,是俳句这种世界最短、用词少、形式也不自由的诗歌类型,

---

① 鲤鱼旗:用布或绸做的空心鲤鱼,在日本用来庆祝五月五日男孩节。(编注)

正适合表达断念及压抑的情绪。诗歌里虽然存在"青春短歌"的分类,却没有"青春俳句"的说法。因为俳句完全不适合青春。当我感觉自己的青春结束之时,就选择了这种诗歌类型。换句话说,此时的我,不允许自己再咏叹和抒情了。

话虽如此,我也曾偶然邂逅不受音节限制、无论怎么压抑都会从字句间漫溢而出的清冽抒情。开头提到的那句便是如此。

说到五月,我会想起中村草田男①。除了他,不知还有谁的抒情能冲破诗歌的形式,具有如此反俳句的性质。心理治疗师霜山德尔先生偏爱草田男的俳句,想来也不无道理。

比如,那句有名的"万绿":

---

① 中村草田男(1902—1983):俳人、国文学者。本名清一郎。师从高浜虚子,受到尼采等西方哲学家的影响,善于探索生活与人性,以此进行创作。创刊并主办俳志《万绿》,在战后俳句评论界占有主导地位。

万绿之中,我儿齿初生。

传达出一位年轻父亲心中爆发的喜悦与恐惧。

令我难忘的则是下面这句:

开败的玫瑰,比玫瑰更美。

从绽放到颓败才算完整的生命赞歌。自从读过这一句,每当我在花店外看到摆得整整齐齐的鲜切玫瑰,都会忍不住想:你们还是比不上草田男先生的玫瑰呀。实际上,人们购买的鲜切玫瑰,往往会在开败前就垂下脑袋。

研究日本文学的朋友告诉我,古人的辞世句大都是短歌,几乎没有俳句。据说幕末志士们在赴死前,都习惯吟咏一首辞世歌。作为咏叹与抒情的载体,短歌这种类型大概更适合辞世的主题。

不过,我想起明治时期有人留下过辞世的俳句。那就是北村透谷。壮志未酬,二十五岁就抛下妻子自

杀的他,在死前吟咏了这样的句子:

折断亦绽放,百合之花。

作者身为"现实世界的败将"的挫败感,以及与之完全相反的强烈气魄扑面而来。自从读到这一句,百合花在我眼中便成了昂然走向断头台的贵妇。

初夏来临时,我会想起西东三鬼[①]的俳句。

人到中年,好似夜里远眺,成熟的桃。

其中的苦涩与曲折、烂熟与断念,正适合俳句这种诗歌类型。话虽如此,这种娇艳欲滴的情色感又是怎么回事。玫瑰、百合与桃属于初夏的风物,无不饱含对生命的倾倒。

每当我发表与老年人相关的演讲时,有些问题

---

① 西东三鬼(1900—1962):俳人,本名斋藤敬直。新兴俳句的代表性俳人。(编注)

一定会被问到。比如，有人提出，在照顾因重病而卧床不起，或患有重度痴呆症的老人时，"不惜做到这种地步也要活下去吗"……说出"不惜做到这种地步"的不是老年人自己，而是照顾他们的人。哪怕这些人是设身处地为老人着想，等到自己将来也变成那样，又会作何感想呢。

无论身体变得多么行动不便，也能感觉到日照与时令的变化。晚上睡觉前会祈祷，希望自己明天也能醒来；早上睁开眼，会因太阳升起而喜悦，到了傍晚会庆幸又度过了一天，为此而安心……就这样日复一日，希望自己活得再久一点。其中又有人给自己树立微小的目标，比如"活到下次樱花绽放""活到萤火虫的季节"，这不是很好吗？文章开头的那句"活下去"，就饱含了类似的愿望。况且五月的风，绝对值得让人活着感受。

有一种时令之花总是与死亡一同被吟咏。那就是樱花。西行法师①的名句"唯愿身死春樱下,在那如月②的满月时分",如今读来通俗易懂,句中深切的愿望也可理解成:"至少要活着看到今年的樱花……"

以前每到樱花的季节,我总是忙得团团转,来不及赏花,花就谢了,只好感叹此刻心情恰如"今春又将逝"③所吟咏的那般。五十岁以后,我渐渐开始重视每年的赏花,即使再忙也要抽时间去一次。好在山里的房子海拔较高,就算错过了平地上的樱花,只要不断往山上走,就能再赏一个月左右。等我以后有了空闲,就随樱花前线④一起北上赏花,直到厌倦。

---

① 西行法师:平安末期至镰仓初期的歌僧。
② 如月:阴历二月。
③ 原句为"今秋又将逝",出自藤原基俊的和歌"契りおきし させもが露を 命にて あはれ今年の秋もいぬめり"(君之承诺,似艾草之露,吾长活至今,亦未实现,今秋又将逝)。这是作者对儿子仕途发展不满意时,写给儿子的和歌。
④ 樱花前线:每年春天,日本的新闻都会预测各地樱花开放的时间,把相同时间开花的地点在地图上连成一条线,即樱花前线。随着时间的推移,樱花前线会自南向北移动,热衷赏花的人也会随之移动,旅行赏花。

《古今集》①里有一首和歌，据说是在原业平②所作。

月非旧时月，春非旧时春，一成不变者，独剩我一人。

春天过去还会再来，可你已不在……这首歌表达了作者被逝者独留人间的痛恨与感叹。若把这感叹反过来理解，也是一首以漫天花雨送别逝者的佳句，很适合眼下的超高龄社会。

在黑田杏子女士笔下，连老年痴呆都很美。有一句大概会成为我的心头爱。

世人皆会，忘却世人，樱花啊。

---

① 《古今集》：《古今和歌集》的略称。日本最早的敕撰和歌集。913年编成。
② 在原业平：平安初期的贵族、歌人。据说《伊势物语》就是以在原业平为主角编撰的。

头发

大概没有哪个女人不去美容院①吧。

十多岁的时候，我常去的地方从理发店变成美容院，心底生出一股长大成人的自豪。美容院不会帮顾客刮脸，依稀记得我当时还颇为担忧，总是长胎毛的自己往后该怎么办。

虽不至于说"头发是女人的命"，但它确实是修饰脸型的画框，是离脑袋最近的身体部分，也是表达情绪的对象——会被喜欢的人爱抚，懊悔时会想去抓挠。为我打理这些头发的，就是美容师。

仔细想想，这真是个奇妙的职业。

我们看不到自己的脸和头发，修饰面容、打理头发，只是为了他人的观感。请专业人士帮忙化妆的人不多，唯有头发，不交给专业人士就难以下手。

---

① 日本的美容院一般以做发型为主，相当于美发店，也包含美容服务，目的是让顾客的外形更美。美容师大致等同于我们所说的美发师。

况且美容院的人会为了客人的外貌费尽心力，后者从中获得的快乐自不必说。重要的是，它无关相貌。因为相貌无法轻易改变，发型却可以。

我知道有人一直是让家人帮忙剪头发，也有人长期给家里人剪头发，这不只是出于节约的目的，也是一种爱的表达。但美容师与家人的区别在于，他们是彻头彻尾的陌生人，却会为了你的发型或喜或忧。如果你对家人抱怨刘海多剪了一毫米，对方会斥责"明明帮你剪了头发，居然还抱怨"。如果换作美容师，对方就会耐心地解释："是的，您还满意吗？因为我觉得这个长度更适合您，您看呢？"即使对方心中百般吐槽，心想"没人关心你的刘海长短，只有你自己在意"，面上却做得滴水不漏。

美容是把身体重要的部分交到对方手里，让对方分担你的烦恼。这与就医不同，不是生活必需品，而是一种奢侈的服务。头发是画框，脸是其中的画作，美容师不会触及画框里的内容；虽然会与你仔细讨论发型，却不会侵入头发覆盖的脑内世界。有时候发现客人头上有斑秃，美容师还要兼职心理咨询的工作。

类似美容师的，还有一种叫作美体师（esthéticien）的职业。据说这些人只负责护理客人的皮肤，不会谈论相貌与体形，这点与美容师一致。虽然脸和身体难以改变，肌肤却是经过护理就能有所改善的。于是会有人言辞逼迫："你怎么连这点努力都不愿意？"所以比起夸赞别人的相貌与体形，夸赞"你皮肤真好，一定精心护理过吧"更容易。

在我看来，美容师、美体师，再加上美甲师、按摩师，这类职业可以统称为"梳洗产业"（grooming）。给客人轻抚、按摩、慰藉、照顾，分享客人琐碎的情绪与苦乐，为之欢喜与忧愁。即使客人意外吐露烦恼，他们也会尽量不探究对方的隐私，不深入对方的内心。客人自然也心里有数，做出倾诉的模样，实际少不了炫耀。因为梳洗产业是角色扮演的舞台，为家计烦恼的妻子此刻摇身一变成了"太太"，钟点工的女儿也成了"小姐"。同一街区的美容师大都了解熟客的家庭状况，都市里的美容师却对此一无所知，客人即使是倾诉家庭烦恼，也能按自己想象中的剧本进行。因为想沉浸在幻想里的，是客人自己。

奇怪的是，从事美容行业的人以男性居多。明明这一行的女性客户占绝大多数，男性美容师却好像在业内占据了特殊位置。值得注意的是，美体师里没有男性。"会直接碰到客人的身体"这个理由说不通，因为按摩师里也有男性。

拥有固定男美容师的女客户，好像都容易迷上对方。如果自己想预约的男美容师档期被其他客人约满，或正在休假，她们就会心生不满。一些人还会追随跳槽的男美容师换到很远的店铺。我没去过牛郎俱乐部，所以不太清楚，但感觉这很像客人与偏爱的牛郎之间的关系。我也曾追随跳槽的男美容师到另一家店，很明白这种心情。比起牛郎俱乐部，美容店的开销便宜得多，即使沉迷其中，也不会投入过多金钱，相对安全。

一个不熟的男人花费好几个钟头全程陪伴我，费心尽力为我做造型，拨弄我那少有人触碰的头发，为我提供无微不至的服务。店员为我洗头的时候，我不禁感叹，世上还有比这更奢侈的享受吗？上一个帮我洗头的，还是我童年时期的父母。如果是在医院的病床上由男护士帮忙洗头，心里大概只有感谢，不会觉得那是种服务。而在美容店被高级洗发水好闻的气味环绕，耳畔传来"您头上有哪里痒吗"的呢喃时，简直太幸福了！啊，好想说我头上每个地方都痒，帮我挠吧，不要停。但最后还是口是心非地说："嗯，不用了。"我根本不想那么回答啊！这种心情，男人大概不会明白吧。

时装店的男店员为了劝诱客人买下昂贵的服装，或许会说："这件衣服很适合夫人您呢。"但面对美容师，却不必担心他们有类似的居心，因为不管态度如何，剪头发的价格都一样。

"上野女士，您的头发是自然卷，我觉得这种发型比较适合您哦。"听到这种话，我会告诉对方："好啊。都交给你了,按你喜欢的剪吧。"这种全权交付的感觉非常快乐。反正回到家,最多也只有个看不出我换了发型的同居者。

想被人照顾、想被人"摆弄"、想有人关心自己……这种热切渴求他人关心的感觉,是何时出现在竭力避免干扰的冷淡人际关系里面的呢?不过,真正的关心可能会刺伤自己,倒不如用钱买来的关心更安全……由此看来,对梳洗产业的需求往后还会不断增长。我在二十多年前做出了这种预测,如今看来,果不其然。

相貌是为他人存在的。因为所有人都看不见自己的脸。人不会为了自己而装扮。或许有人会说:"不,你说得不对,我做这些都是为了自己,就算没有约会的日子,我也会好好化妆,还定期去美容院。"这类人大概是把外部视角完全纳入了自身。总是以他人的目光约束自己并将这种伦理内化的人并不多。只要想想自己约了人和没约人的日子有何差别,看看ON与OFF两种状态下,自己的装扮有何变化,立刻就能明白了。

听说最近出现了"美容福祉人员"的资格考试。具体说来,就是在持有"美容师"资格的基础上,再考取"看护福祉人员"的资格。到养老场所为老人们剪头发、化妆,会让他们格外高兴。老人们并不是要与特别的人见面,也不打算出去玩,精心打造的发型过一晚就会塌掉,好不容易化完的妆洗过脸就会消失。即使如此,也有人关心自己的外形,为了让自己更好看而费尽心思,还鼓励道:"婆婆你看,是不是变漂亮啦?"这种心情对老人们很重要。看到年老的女人往脸上抹劣质粉底、涂不自然的口红,或许有人会觉得恶心,或许有人会评价"女人到死都不忘打扮",认为这是"女人的业障"。不过,让老人开心的不是装扮的结果,而是在装扮的过程中,有人关心自己的外貌这件事。

从那时候起,我开始觉得,美容师是个了不起的职业。

浴缸

一天之中,我最为期待的时刻是泡澡。

深夜时分,拖着筋疲力尽的身体回到家后,还有看邮件之类的杂务等着我。当一切告一段落,时钟已经走过十二点。

之后就准备泡澡。

如今的设备都是全自动,这真的帮了我很大的忙。以前给浴缸放水,要么一不注意放得水满溢出,要么一不留神忘记烧水时间,等想起时水都快烧沸了。后来出现了一种贴心的浴缸,一旦到达设定的蓄水量,就会响起"哔哔哔"的提示音。最近有了自动调节水温水量的浴缸,就再也不用担心放水的问题了。

不过,失误还是会有的。有时我以为泡澡的准备已经天衣无缝,脱光了准备下水,一进浴室才发现浴缸里空荡荡,一滴水也没有。考虑到使用者忘记塞住排水口的可能，全自动加热浴缸还能防止干烧。为了避免人的失误，竟然给浴缸配备了安全装置。比起干烧引起火灾，赤裸地站在空浴缸前发抖倒也还能接受。

因为我是一个人住，泡澡自然也是一个人泡。

在舒适的温水里舒展四肢，那快感简直无法言喻……清楚地感觉到血液循环至发冷的手脚，身体的每一寸肌肤都逐渐放松下来。

啊，简直太幸福了。

原以为这种乐趣唯我独享，实际上喜欢泡澡的独居者很多。因为是一个人住，所以不会有人打扰，也不会有人催促，无论二十分钟、三十分钟都能尽情享受。若是与家人同住，肯定会被念叨："你还要泡多久啊，赶紧出来吧。"

之后，我读到"东京 GAS"旗下都市生活研究所的一项调查结果：独居者选择住宅时最重视的除了收纳问题，就是浴室设备。（《独居术》连载第五回《居住环境》，《每日新闻》2008 年 1 月 9 日）我心想，果然。

我总是烦恼放水量的问题。因为想伸展四肢,所以喜欢家庭型大号浴缸。以前住的公寓里只有小号的不锈钢浴盆,泡澡时必须屈腿坐在其中,就像古代的瓮棺。虽然保温效果超群,但伸不直腿这一点让人悲伤,因此我一直憧憬能伸长手脚的西式长浴缸。如今家里的浴缸对我来说很大,泡澡也很开心。要把浴缸填满,需要两百升水。这一来,人进去的时候,缸里的水就会溢出一部分,可以享受泡温泉的感觉。

但吝啬如我,无法照做。

如果只放一半,就是一百升水。这个量能勉强淹没身体,但多少让人局促和尴尬。如果想更惬意地享受,不如放一百二十升?或者干脆……如此这般,我总是拿不定主意。虽然水量的区别真的不大,但我每天还是会小小犹豫一下。倒不是担心水费。

在这浴缸里泡澡的只有我,再无旁人。每次放好的热水,泡完就只能浪费。虽然知道市面上有种二十四小时水循环浴缸，但又担心不卫生，也没有买的打算。总之，把一百升只用过一次的热水放干，会让我产生深重的罪恶感。更别提一百二十升……乃至两百升！

世界上还有很多人没法泡澡。我在中国西藏旅行的四十五天里，一次澡也没泡过。直到离开中国西藏，进入加德满都，才在当地旅馆的浴缸里久违地泡了次澡，洗净身上积攒的污垢。不过，西藏人不能泡澡的时间可能比我更久。中世纪的法国人也差不多。全世界拥有泡澡而非沐浴习惯的民族并不多。

与之相比，四十几天根本不算什么。我有在野外生活的经验，每次进山，一个星期左右不洗澡是常事。下山后，我总是满心期待地扛着背包、踩着登山靴，毫无顾忌地跑进松本市内的澡堂。现在想来，当时我满身臭汗、脏兮兮的，大概给周围人带去了不小的麻烦吧。

一些西藏人的皮肤因为日晒与抹油的关系，总是黑亮黑亮的。在那种极端干燥的地区，最好不要洗掉皮肤上的油脂。

我的皮肤也相当干燥。一到冬天还会干得发痒。对此最好的处理方法就是不用肥皂。因为皮肤上的油脂是重要的保护膜,就算是在冬天泡澡的时候,我也不会用肥皂清洗身体。每年有一半左右的时间,会学习西藏人不洗澡的习惯,韩式搓澡巾更是要束之高阁。毕竟是好不容易囤积的污垢,要是被洗得一干二净,就太可惜了。

在世界各地旅行过一遭,我发现许多平常的小事都显得难能可贵,甚至让人惊叹。比如,一拧水龙头就有水流出来,一烧水水就会沸腾,见到的浴缸都完好无损,等等。在发展中国家的许多旅馆,即使有浴室,也可能没有热水。心惊胆战地拧开水龙头,发现有水,会让我倍感安心。但也不能高兴得太早,因为随时可能停水,或到了某个时间点就断水。在那些地方,泡澡是件非常奢侈的事。

一天结束后,我会允许精疲力竭的自己泡个奢侈的澡。然后犹豫放一百升还是一百二十升水。想到今天结束了一项工作，不如犒劳自己放一百二十升水吧！做出这个决定的瞬间，简直太开心了！为此我必须斩断犹豫。

偶尔有朋友来我家留宿，我就以"两人一起泡澡"为借口，兴高采烈地决定放两百升水。当两个人进入水中，压得满当当的池水溢出浴缸，心里别提有多爽了。

能为这份奢侈锦上添花的，就是浴盐。今天要用什么香型的浴盐，是我每天泡澡的期待。日本市场上有各地温泉品牌的浴盐，混浊成乳白色的、泡沫丰富的、添加了药草或芳香精油的，应有尽有。我也会买各种浴盐送给在国外的日本人。

从前，长野县有个号称"泉眼直流"的温泉被揭发是用了浴盐，商家只好向大众谢罪。但我觉得只要温泉客们没有察觉，在那个以"浊汤[①]"闻名的温泉胜地泡得满足而归，就算商家用了浴盐也无伤大

---

① 浊汤：因为水质成分而不透明的温泉。

雅。如果仅仅使用浴盐，就能随心所欲地感受登别温泉、汤布院温泉[①]的气氛，已经是种奢侈了。即使被骗，好心情也不掺假。

试用了各种浴盐后，我眼下的最爱是青森出产的桧叶油。用喷雾器洒在热水里，就会有清香的森林气息缓缓冒出。泡在热水里，宛如在享受森林浴。闭上眼睛，塑料浴缸仿佛也变成桧木做的浴桶。即使真的泡在桧木做的浴桶里，也不会有这么浓烈的香气，这么一想，这种香精可真是厉害。

只要有认识的人去青森一带出差，我就会拜托对方帮我买这种桧叶油，因为机场的商店有售。但前段时间，我竟然在上野车站的大厅发现大量零售的桧叶油，不禁感到沮丧。此外，大厅里还有青森县的物产店，店里也陈列着同款商品。什么呀，原来随时都能买到。

泡完澡，就该享受浴后时光了。我会套上宽松的长衫，开始做皮肤护理。用薰衣草或柠果味的面霜

---

① 登别温泉、汤布院温泉：都是日本有名的温泉乡。

或乳液按摩容易干燥的皮肤。跟朋友们聊过之后，我才惊讶地发现，很多独居者还有个共同的爱好，就是洗完澡光着身子在家里走动。屋里再也没有别的人，在独属于自己的空间里，不需要有任何顾虑。不管胸部下垂还是小肚子凸出，都不用担心被人看到，可以随心所欲地摆弄冒着热气的身体。

是吗？你也一样啊！

话虽如此，我还是忍不住想，自己一整天最期待的时刻竟然是泡澡，这期待真是微不足道啊。我那总是犹豫放一百升还是一百二十升水的吝啬劲儿，倒是并不让自己讨厌。

第三章

年岁渐长

青春

之前稀里糊涂地答应编辑以"青春"为主题写一篇文章,现在真心后悔了。

"我曾有过二十岁。所以不会让任何人说,这是人生中最美好的年纪。"

写下这句话的,是保罗·尼赞[①]。

如他所言,二十岁是个糟糕的年纪。幼稚、无知、傲慢,缺乏经验和自信,不清楚自己是谁,也对社会与他人一无所知。我在那个年龄段时,从不觉得二十岁美好,如今看到二十岁的年轻人也是同样的感觉。这个年纪的人只会因困惑、不安而陷入混乱,被

---

① 保罗·尼赞(Paul Nizan,1905—1940):法国小说家、记者、政治活动家。

人戏弄,又戏弄别人。

"二十岁真好啊。真羡慕啊。"说出这种话的人是什么心态,我不明白。

回头想想,我的二十岁没什么美好的经历。尽是些叫人咬牙切齿的后悔、不愿回想的羞耻和惭愧的记忆。

如果有人说能让我重返二十岁,我只想说谢谢并拒绝。那种日子,过一次就够了。

其实处在那个年龄段时,我已经意识到,自己进入了一段不上不下的时期。刚满二十岁时,我最先想的就是径直穿过二十多岁,争分夺秒地奔向三十岁。大概一开始就料到这个阶段充满了困惑。二十岁的时候无法想象未来十年的自己会是什么样,因为度过每一天都要拼尽全力,甚至连一年后会如何都不知道。虽然也跟男生恋爱,却无法想象一年后仍在一起的样子,更别提结婚、生子、就职等,根本无暇顾及。

二十多岁的我,是拥有"大学院生"①之名的流浪者。换句话说,就是名号光鲜的失业人士。我并没有学习热情和上进心,只是因为不想找工作而升入大学院,开始了延期偿付的人生。院生们习惯把入学称为"入院",这是一种自虐式的讽刺,因为"入院生活的时间越长,要回归社会也就越难"。彼时,大学斗争②已经完全解体,学生们仿佛走进一条漆黑的隧道,连模仿高仓健说句"世道昏黑,不辨左右"都已是不易。

我的情绪日益偏激,态度也越发狷介,这样一来,当然会被周围的人疏远。修完五年的博士课程后,我成了真正的"失业博士"。

某天,我看着地方报纸的招聘栏愕然不已。整个篇幅里有五分之四的工作招的都是男性。角落里

---

① 大学院:指国内所说的研究生院。大学院生,即研究生。
② 大学斗争:指大学内因为某些问题引起学生运动,并扩大为日常性、全校性质的矛盾,引起学生与学校的对立。日本的大学斗争一般特指20世纪60年代末,以"全共斗"为首的一系列校内纷争。支持学生方面的人一般称"大学斗争",中性称呼则是"大学纷争"。

的"招聘女性"栏里写着:"招聘女性事务员。珠算三级以上,有簿记经验者有优待。""招聘女招待,有宿舍。""招聘酒吧服务员。"等。比起具有相应社会经验的同龄女性,我深刻意识到自己是多么"无才无能",即使想找个"性别为女就能从事的工作",也早已过了最佳年龄。

这时回头细思,才初次意识到,我在那个名为"大学院"的地方,接受的是一种职业教育,将来也只能在大学里就职。我下定决心开始应聘大学教师的岗位,但因为跟指导教授关系不好,对方也不会帮我打点关系,最后是彻底的连战连败。收到无数次通知,上面都写着"很抱歉,无法满足您的期待"。

神奇的是,即使在那段时间,我也从未怨天尤人。每当收到落选通知,我就会想:社会并不需要我啊。与此同时,我也自大地认为,自己并不需要社会。有时会突然发现,跟我同样无能的同龄男性都找到了工作。这让我第一次产生疑问:难道只是因为我是女人吗?这让我非常迷茫。那个年代,大学升学率还处于上升时期,教职人员的市场也在扩大,不像现在,高学历的大学院生只能打零工也成了普遍现象。

明明连明天如何都无法预测,我却奇妙地设想了自己三十多岁的模样。到了三十多岁……我要成为新兴宗教的教主,如果不行,就当个小酒馆的老板娘。但我很快发现自己没有宗教方面的特质,于是放弃了前一个愿望。至于小酒馆,我脑中所有的印象只有当时常去的那家酒馆,老板会默默地把二级酒[①]倒入玻璃杯递给客人。我想象着一群风采不再的中年客人、郁郁不得志的落榜学生来光顾我的酒馆,我却挑剔地看他们的长相收钱。或许将来,下雪的香林坊(故乡金泽的繁华街)背后会出现一家只有吧台的简易酒馆,柜台上那个疲惫又古怪的老板娘就是我。如今想来,这完全不像二十多岁女生对未来的想象。

---

① 二级酒:"二战"时期,由于大米供应量减少,以米为原料的酒的市场秩序混乱,出现了许多在酒里掺水的现象。为了重整酒市,日本政府制定了日本酒分级制度,根据酒精度数和质量划分酒的等级。该制度因存在各种问题受到消费者批判,最终被新的分类体系代替,于1992年被废止。

最后，我既没有成为新兴宗教的教主，也没有当上酒馆的老板娘。但从结果上看，社会学家这种职业也带有上述二者的特点。跟教主一样，明明没人拜托，却要对社会的发展进行预测；也跟服务业一样，要回应每个人的不安与需求。

三十岁以后，生活如我所想变轻松了。我终于弄明白了自己是谁、能做什么、做不了什么，深刻体会到世上还有许多我不了解的事物存在，稍微有了些耐心，也开始懂得谦虚，朋友也多了起来。那些陪我度过二十多岁的人令我汗颜。无论在何时、与谁相遇都是缘分。我时常想，如果与现在的朋友们在二十多岁相识，大概也不会变成朋友了吧。

我看过一个以七十多岁男女为研究对象的调查，问题是："如果人生可以重来，你想回到哪个年龄段？"结果显示男女两边的答案很不一样。二者都没有回答二十多岁，这也是当然，毕竟年轻不一定有价值。男性之中，回答五十多岁的人最多。女性的答案则集中在三十多岁。原因显而易见。男人往往是在五十多岁登上地位、收入、权力的顶点，而女人在三十多岁时忙于生育和子女教育，过得忘我又充实。对不生孩子的女人来说，三十多岁是体力、智力、气力取得平衡、个人状态最佳的年龄段。二十多岁那些看似无用的彷徨经历，在此时都能得到运用。

进入四十岁，会经历曲折。到了五十岁，就再也掩饰不住衰老和疲惫。世上虽然有人"最喜欢当下的我"，觉得"当下的年龄段最好"，但我没那么轻率。无论哪个年龄段，都有好也有坏。到了花甲之年，谈论自己的人生就只能用过去时，一切经历都已无法挽回。过去无法重来，我也不愿再重来。这一生过得还算不坏，但下辈子也不想再做人了。

有一次，我应邀前往年轻时短暂驻留过的美国某大学，在学校宿舍生活了一段时间。校园里有座不显眼的石碑。该校是常春藤盟校之一的名门大学，石碑则是毕业生捐赠的纪念品。上面写着：

"在这所大学度过的时间，改变了我的人生。"

那时刚好新学期开学,返校的学生们匆忙穿梭在校园之内。他们都是二十岁出头的年轻人,因着对自身与世界的未知,充满不安和胆怯,紧张得双颊泛红;面对未知的将来,只能赤手空拳以对。他们拥有的只有未来,而走在他们中间的我,人生已过去大半。

那一刻,我突然生出一股灼烧般的妒忌,并为此震惊不已。

所谓青春,大概就是身在其中却毫不珍惜,唯有多年后回首,才让人胸中一紧的东西吧。

歌曲

那时我总听浅川MAKI[①]的歌。

[①] 浅川MAKI(1942—2010):日本歌手,词曲作者,音乐制作人。以地下剧场为主进行音乐活动。拥有独特的美意识,认为自己作的不是词而是诗。曾受到寺山修司的发掘,而后与其多有合作。

在"世道昏黑,不辨左右"的时代。看不见隧道的出口。

20世纪70年代初,大学斗争已经完全解体——我不会称之为"大学纷争",因为那不是纷争,而是斗争。

当时的我无法融入恢复平静的校园,经常徘徊于小巷之中。

曾与校友们并肩齐唱的斗争之歌《国际歌》也没机会再唱响,我们变得无歌可唱。

败北的男人们陶醉于任侠电影①里高仓健奔赴死地的背影,在昏暗的电影院大喊:"健哥,小心背后!""世道昏黑,不辨左右",就是那位健哥的名台词。男人们唱着《唐狮子牡丹》②,沉浸在败北的感伤里。

---

① 任侠电影:以黑帮为中心的电影,时代背景一般是明治到昭和初期,主题大都反映主人公的痛苦忍耐与仁义精神。高仓健便是因出演这类电影而出名。
② 《唐狮子牡丹》:高仓健主演的《昭和残侠传》系列任侠片的主题曲。

演歌就像啜泣与抽噎，我讨厌这种日本特有的煽情，也无法与之共情。不只如此，歌中所唱的女人都毫无主见，歌词也让我心生抵触。听了都春美（顺便一提，她跟我是同一个世代）《来自北方旅店》里的"含泪编织，你不会穿的毛衣"，我会禁不住大骂。更别提男歌手语带哭腔演唱的那些站在女人视角的演歌，简直恶心死了。青少年偶像唱的流行歌谣之类，则不是我感兴趣的范围。

民谣歌手的伤感让人厌烦，即使是我从前喜欢的音乐，在那时也显得太轻飘飘，让人提不起唱的兴趣。

我真的找不到什么可唱的歌曲了。

终于有一天，浅川MAKI的歌从深夜广播钻入我的耳中。她用十足轻佻又饱含灰暗情愫的声音唱着《海鸥》（寺山修司作词）。

俺喜欢的女人是港口小镇的荡妇
总是敞着门换衣服

勾引男人　水性杨花

海鸥啊海鸥　尽管笑我吧

演歌的歌词套路里，总是男人流浪于各个港口，女人含泪送他们走。而在浅川MAKI的歌里，女人就像海鸥一样自由。听着这首歌，我脑中立刻浮现出一个不再年轻的女人，竖着领子独自穿梭在北方某个风波怒号的海边老镇。她不在任何地方停留，不依赖任何人，虽然流转于各地，却从不随波逐流，是个孤独的女人。后来我才知道，浅川MAKI的故乡就在我的故乡金泽旁边，名叫美川，是个港口城镇（此外，我还得知她与我毕业于同一所高中）。

在那以后，浅川MAKI的歌就成了我的保留曲目。

自从卡拉OK出现，我一直很讨厌唱歌给别人听，更讨厌别人唱歌给我听，即使是卡拉OK最流行那阵，我也只是在附带卡拉OK的酒馆或酒吧门口站一站就走。

浅川MAKI的歌是音调悠扬的布鲁斯风格，外行人很难唱好。我都是跟着自己的感觉唱,肯定有错音或唱跑调。她的歌不是唱给别人,而是唱给自己听的。

她有首歌叫《天亮以后》。

天亮以后　我要坐上第一班火车
请为我准备好车票
为了我　一张就够
今晚就要与这小镇告别了
虽然这小镇也挺好

"一张车票就够了",多么潇洒啊!不是被抛弃,也不是要逃离,而是自己选择离开此地。我似乎看到这样一个女人的背影:她历经沧桑,咽下苦果,不记恨谁,也没有逞强,离开是为了寻找新天地,但多少也有些疲惫。

这么说来,出走的女人与送行的男人,这种设定还有其他歌手唱过吗?创作型歌手IRUKA也在歌里唱过类似的场景：男人在漫天飞雪的车站目送恋人乘坐的火车远去[①]。但我不太喜欢那种带有"青春伤感"气息的歌。在那个年龄段，我的喜好确实显得老成。当时的我也无法想象，一直手握"一张车票"的自己，会在数十年后写出《一个人的老后》（法研，2007年）吗？

某天，我应邀前往一位退休教授的家里做客，有机会跟其他学生一同享用教授夫人亲手做的饭菜。这对当时不善交际的我来说十分难得。大家弹着吉他唱起歌，突然就轮到了我，有人问："上野同学，你唱什么？"

既然如此，我就唱了自己的"保留曲目"《海鸥》。

我是因为喜欢这首歌才选了它。

然而，善良的教授夫人却一脸困惑，现场的气氛也随之凝固。我一定是个"不懂察言观色"的女人吧。也是在那一刻，我终于有所领悟。我意识到这种

[①] 或是指IRUKA演唱的《残雪》（なごり雪）。

满是善男信女的场合,不适合唱浅川MAKI的歌。

我在京都度过的大学院生时代非常贫穷,既没有看过寺山修司的戏剧现场,也没听说过浅川MAKI的舞台表演。

不过,每当听到浅川MAKI的名字,我脑中就会闪现出一些回忆。那时的我,正好二十多岁。

谈心

身为教师,经常会有学生来找我谈心。其中有关于个人经历的,也有关于个人性经历的。对象既有女生,也有男生。

在我还是外聘教师的时候,就有学生来找我谈心了。那时我还处于漫长的大学院生时代,收入微薄,在一所护理专业学校做外聘,有个学生来找我,说:"我觉得自己当不了所谓的'白衣天使',毕业后想找其他类型的工作……"当时,我每周只给他们上一节课,教的还是与护理无关的社会学,这么重要的人生选择,对方为何要来找我这种外人?我好奇地问起,学生说因为本专业的老师都当过护士,也热衷于培养护士,"如果告诉他们我很迷茫,肯定会立刻被否定,还免不了被教育一通。正因为你是校外的老师,我才来找你"。

很有道理。原来如此,我这才恍然大悟,选择倾诉对象的权利,掌握在需要谈心的人手上。

在短期大学任教时,出入我研究室的女学生总是络绎不绝。有人会专门选择没有其他学生的时候出现,犹犹豫豫地开口对我倾诉。这些人找我聊的大都是性方面的事。比如,正在交往的男友想跟自己发生关系,但不知道他是否只是玩玩而已;或是反过来,自己想跟男友上床,对方却一直优柔寡断;又比如明明有男友,却还是被另一个大半夜骑车来见自己的男生吸引;等等。还有一次,有个女生想跟男友旅行并在外住宿一夜,于是跑来找我串供,想让我告诉她父母,研究室的合宿时间延长了一天,我当即拒绝,对她说:"这点小事,请自己努力想办法解决。"

十八岁,刚好是羞怯地推开性的大门、迎来性成熟的年龄。关西的名门女校学生大多是走读,每天都生活在父母的监管之下。曾有学生告诉我,她有次夜不归宿,第二天早上到家,父亲双手叉腰站在玄关,把她暴揍了一顿。那个时代的人还比较保守,不像现在,恋爱基本意味着发生性关系。

大学里的研究室就像群租屋,并排着很多的门,学生们会从中选择一扇敲响。我毕竟不是专业的咨询师,不会无条件地肯定学生的想法。喜欢或是讨厌、好或是坏,我会明确地说出自己的意见。但我还是相信,人只能从自己的经验中学习成长——有时候,连经验也无法带来成长。如果发现对方对某个选择有明显的倾向,我也不会加以阻挠。

直到现在,我还清楚记得有一次,当我对某个学生说:"真没办法。你早就想这么做了吧,要不就试试?"桌对面的她抬起头,满脸都在发光。我心想,糟糕,上当了。看来对方才是谈心的高手。原来在无数门扉之中,她选择敲响的,是能鼓励自己向前的那一扇。做出选择的是她,我不过是被选择的一方。

有人向我倾诉时,我会特别注意:绝对不否定他们的意志。这样,即使对方的选择迎来失败和受伤的结果,他们也能随时回到我身旁。毕竟没人愿意去找否定过自己的人帮忙。我从未否定他们的选择,所以哪怕失败,他们也可以回来向我求助……

深更时分,东大校园里还亮着灯的研究室不多。这时,突然有学生来研究室找我。整个白天,出入我研究室的人很多,没法聊私密话题,所以她特意看准了这个无人打扰的时间段过来。

她说自己正在跟一个比她年长的社会人士谈恋爱。两人发生过性关系,但她感觉自己被利用了。对方做爱时不愿戴避孕套,害她每个月都提心吊胆,怕月经不来,焦虑得快疯了。即使如此,她还是无法坦白地告诉对方,所以就来找我了。此外,她还有暴食催吐的习惯。

她是优等生。在成长过程中一直看人脸色过活。

竭力满足父母和老师的期待就是她的任务。因为太过寂寞，才回应了男人的慰藉。感觉他能弥补自己的不自信。然而她对男人的怀疑无法消除，却也无法果断结束这段关系。她怪不了任何人，只能不断自责，把自己逼进死胡同。

"你是不是搞错了交流对象？"我问她。

"不是想让他避孕吗？这事必须告诉他本人。"

不要笑，这就是东大的学生，还是专攻性别（gender）研究的女学生的现状。即便如此，她仍然相信我会认真对待，不会一笑置之，所以特地在深夜赶来，对我倾诉那些难以启齿的事情。

"你必须正视一个问题：他并没有把你看得很重要。"

我冷静地告诉她这个真相。无论是多么残酷的真相，也比谎言要好。不过，最近我又开始觉得，比起残酷的真相，能让对方暂时喘口气，获得短暂的安慰也很好。

她感觉到，我是真的对她的男友愤怒了。这让她吓了一跳,也终于让她开始思考,这件事或许比她想的要严重。事实上,正是她嘴上否认的那些不安影响了身体,让她养成了反复暴食催吐的强迫习惯。

那个女生毕业多年后,给我发来一封邮件,附件里是她婚礼当天的照片。新郎长相普通,但看上去很正直,旁边的她笑得十分灿烂。哦,原来如此。她选择了嫁给一个诚实的男人。真好,真好啊……

上野研究室又被称为"保健室",因为那些别无去处的学生最后都会聚集到这里。其中有些人虽然没法出席课堂,却会在研究室露面。常客也有几个,人员在不断轮换。

有一次,我跟大家八卦起另一个不在场的学生,问:

"说起来,最近没看到小明(假名)啊。他在忙什么呢?"

一个学生回答:

"谁知道呢,大概是交到朋友了吧?毕竟这间屋子里净是些没朋友的人。"

这话说得真好。我听完爆笑。

没错,一旦结束了迷茫与失落,只要离开这里就好。因为"毕业"是你们的任务。

粉丝

作为粉丝,我想说,井上阳水是天才。

天才,意味着他独一无二,不与任何人相似。

除了阳水,还有谁能创作出那样的音乐给我们听呢?

受到20世纪60年代美国民谣影响的他,与日本新音乐①时期的任何人都不一样。Folk Song按字面翻译就是民谣。它以美国民谣"乡村与西部"

---

① 新音乐:new music,20世纪70年代前期在日本兴起的流行音乐分类。新音乐受到欧美最新流行音乐的强烈影响,作曲在民谣基础上添加了摇滚等元素,作词则排除了以往民谣特有的政治性与生活感,被认为是一种"新的音乐"。80年代以后,摇滚、流行、民谣等分类逐渐定型,作为总称的"新音乐"随之失去意义。

(Country and Western)风格的简单和弦编成,是一种任何人都能唱的、带有简单主张的歌曲。无论是风靡一时的鲍勃·迪伦(Bob Dylan)、民谣女王琼·贝兹(Joan Baez),还是彼得、保罗和玛丽(Peter,Paul and Mary)组合,他们的音乐本身都不稀奇。正是因为简单上口,才受到无数人的喜爱。日本的吉田拓郎也是类似的风格。

日本新音乐虽然孕育了唱出不朽名作《神田川》的辉夜姬乐队,以及佐田雅志、小椋佳等创作型歌手,但因为风格带有强烈的感伤倾向与叙情性,最终被定型为一种并不"新"的、带有流行风格的歌谣曲[①]。正是因为中老年人也能放心演唱,才使得歌谣曲作为一种标准曲目融入了大众生活。

日本民谣常被揶揄为"四叠半歌曲"[②],女歌手荒

---

① 歌谣曲:近现代日本的流行歌。昭和初期以后的用语,主要指利用各种媒介向大众播放的歌曲。具有和洋折中的特点。
② 20世纪70年代的日本民谣,歌词常以一对恋人在四叠半(约7.29平方米)大小的房间里同居的贫穷生活为主题,所以有这种戏称。这类歌曲的代表之一就是辉夜姬乐队的《神田川》。

井由实（后来的松任谷由实）的登场却一改往日风格，歌曲既无政治性，亦没有强烈主张，充满轻快的都市风情。但她不仅声音难听，还用钝重的四拍取代了受到摇滚影响的八拍民谣，相当于把时钟拨回了从前。

顺带一提，日本虽有世所罕见的女歌手中岛美雪、夭折的英雄尾崎丰，但二者最终都成了带有强烈感伤情绪的歌谣曲流派之一，变成日式流行音乐的调味料。其他爵士、布鲁斯、摇滚风格的歌手，则无一不是从原版衍生而来的"日本版"。

音乐爱好者是一群狭隘的人。对音乐的评判标准只有合不合口味这一条，明明没有根据，却把不喜欢的音乐视为噪声，只称赞自己喜欢的。我从不觉得歌谣曲、演歌和美空云雀有多好，却从早期就听阳水的歌，直到现在。虽不曾像追星族那样跟着他到处跑，甚至连公演也没去过，却买了他几乎所有的 CD。作为一个狷介褊狭的音乐听众，我有段时间只听巴赫的器乐曲，但同一时期也一直在听阳水的歌。不知道巴赫与阳水的组合在我心里是如何取得平衡的。但有个跟我一样固执的巴赫粉丝朋友曾告诉我，他会把巴赫与八代亚纪的歌穿插着听。

如此这般，当阳水在歌坛登场，我们听到了闻所未闻的歌曲，并为此震惊不已。

要成为"国民歌谣"，必须满足两个条件：一是能让人放心大胆地听，二是能让人放心大胆地唱。它们和弦简单，主题的展开也在预料之中，适合很多人齐唱。也正因如此，才能受到大众喜爱，逐渐深入人心吧。

不过，阳水的歌不是这样。无论歌词还是主题展开都出人意料，所以更让人移不开眼，怎么听都嫌不够。他的歌词里没有满当当的情绪，只有各种双关、谐音的文字游戏，而且还是押韵脚比押头韵多，这在日语歌词里很少见。政治的季节已逝，在犬儒主义盛行的年代，即使只是听歌，我也不想听到"希望""明天"这类字眼，更遑论扫兴的"爱"与"和平"。话虽如此,绝望与感伤又在现实里俯拾皆是,让人腻烦。顺便迁怒地说一句,我久违地看了场红白歌赛①,被年轻歌手们口中不间断的"相信""活着"搞得很烦。如果不是唱歌,应该没人会把这种话说出口吧?即使只是唱歌,我也不想唱这种羞耻的词。像我这种乖僻的听众,既不想附和舞台上的忌野清志郎大喊的那句"大家有没有好好相爱",在下面回答"yeah",也听不了这种正能量爆棚的歌曲。

日本的创作型歌手大都擅长小调的抒情慢速叙事曲,阳水不仅能写出 WHY、《金丝雀》这种透明感十足的慢速叙事曲,也擅长轻快的曲子。多种多样的创作风格,也是他区别于其他歌手的特色。如果有人问我喜欢阳水的哪些歌,我会列举《从暗夜之国出发》《冰之世界》等,此外也喜欢《遥想上海》《狮子与鹈鹕》等。

不只如此,他还拥有延展性极佳、非常罕见的

---

① 红白歌赛:NHK在除夕之夜播放的歌曲节目,由红白两队交替唱歌,最终决出冠军。在日本国民中的影响力类似于中国的春晚。

美妙嗓音！我们这代人是首次从收音机广播里接触到歌手的一代。不同于后来的TV时代，在我们眼中，外貌、体形都不是歌手的魅力所在。无论阳水是否用墨镜遮脸，摘下墨镜长什么样，都不影响粉丝对他的喜欢。

听闻作曲家武满彻在生前说出"我一生中创造的时间……"时，我备受震撼，心想：原来如此，音乐就是纯粹时间的延续。我们生活在有限而世俗的时间里，音乐是神赐予的片刻间的礼物。聆听巴赫的曲子，确实能感受到那是纯粹时间的馈赠，而阳水也给我们送上了幸福绝伦的时刻。

最近，我生来第一次去了阳水的演唱会。那是纪念他作为歌手出道"四十周年"LIVE。原来已经过了这么多年。1948年出生的阳水与我同龄，应该也已年过花甲。

我渴望在舞台上看到的，是过去那个我所熟悉的阳水吗？当身旁人说"他的声音还跟从前一样有延展性"的时候,我却觉得他的唱功已经在走下坡路了。如今的阳水已不再是全盛期的阳水。

歌手的巅峰期是什么时候呢?以肉体为乐器的歌手无法避免肉体衰老的命运。歌剧演唱者有他们的全盛期,歌手也同样有巅峰期,且不会持续太久。

不过,粉丝如我,在乎的不是这个。阳水会衰老,我们也会衰老。时间平等地流逝,每个人都无法避免。作为阳水的同龄人,我见证了他的来路,也想一直目送他到终途,希望他把衰老也变成艺术。事实上,比起渴望他维持昔日荣光的自私听众,我的私心或许更为恶劣。而这也是表演者的宿命吧?曾是警察乐队(Police)一员的斯汀(Sting)五十多岁来日本公演时,已经头发稀疏、显出老态,即使如此,他也依然在舞台上上蹿下跳。见此情形,我胸口一热。是啊,像他这样变老就很好。一边变老,一边把独一无二的衰老方式展现在听众们眼前。

粉丝,就是一种贪欲无穷的存在。

晚夏

我喜欢晚夏。

寂寥的蜩鸣取代了油蝉的喧嚣,不知不觉在深夜聚集的虫声,也不容分辩地传达出夏日已逝的消息,芒草穗不断拔节,一天天变白。这些无一不让人切身感受到季节的变化并为之感叹:"啊,夏天要结束了。"流经眼前、走向衰败、日渐暗淡、无法阻止的事物……我都喜欢。

晚夏的某个时刻,无人的海滨泳池畔,我睡在折叠躺椅上,戴一顶宽檐帽遮住脸,不下水游泳,就这样度过一段无所事事的时间——我喜欢这样。可以的话,最好是在午后稍晚的时候。

孩子们的吵闹声已远,海滨的旺季也已结束。阳光依然强烈,吹在皮肤上的风却开始变冷。微温的风恰到好处,平复了阳光灼烧皮肤的火辣感,让人想永远沉浸在这倦怠的午后。而时间毫不留情地经过,太阳逐渐西斜。我喜欢这样的晚夏时刻。

刚满二十岁的时候,我渴望一口气冲向三十岁。一刻也不想待在苦涩又漫长的青春期,也不觉得自己会经历女人的全盛期。所谓全盛期,既是季节的全盛期,也是生命的全盛期。

我对充满旺盛生命力和绿意的夏季全盛期避之不及,如果非要从中经过,我希望加快脚步静静地通过。

全盛期……也是性爱季节的旺盛时期。二十岁的我,有着自己也无法理解的旺盛性欲。后来才听说同龄的男生也一样,甚至被更强烈的性欲控制着。我后悔当时没对他们好一点。

回过神来,我好像真的不曾经历女人作为生物的全盛期。性交、怀孕、生子。像哺乳动物那样给孩子喂奶,陶醉地养育他们长大。紧绷、充实的胎儿,鼓胀、疼痛的乳房,还有泛红、光润的肌肤。那是能让人忘记天心中挂着盛夏骄阳的、忙碌的生活的季节。

我有意避开了这个"女人的全盛季节"。虽然从未后悔自己的选择,但也清楚明白自己错过了什么。

仔细想想,二十岁时想要直接突入三十岁的愿望,或许已经被我实现了。大约半个世纪以前,"三十多岁"意味着"芳华已逝的女人";不像"败犬"[①]登场后的现在,三十多岁的女人依然没有退出性爱和婚姻的市场。

观光客纷纷离去后,不合季节的海边旅馆泳池旁。

在所有作家里,这幅晚夏场景最适合森瑶子女士。

"夏天就快结束了。"

森瑶子女士的《情事》(集英社,1978年),就是从这个令人印象深刻的句子开始的。她在三十八岁凭借这部作品获得了"昴文学奖",由此进入文坛。

---

① 败犬:出自酒井顺子的畅销书《败犬的远吠》,指三十岁以上未婚未育的女人。

就处女作而言,这个年龄有些晚。

说到夏日的尽头,濑户内晴美,即如今的濑户内寂听①女士获得"女流文学奖"的代表作就叫《夏日的尽头》②(新潮社,1963年)。我不清楚森女士写《情事》时是否想到了《夏日的尽头》,但濑户内女士写出《夏日的尽头》时是四十一岁。作品描写了抛夫弃子、离开夫家的女人长达多年的不伦关系,展现了女人性欲旺盛期结束之后的状态。可以说,《夏日的尽头》是在季节轮换的基础上,叠加了人生之夏的阴影。

俗话说"青春、朱夏、白秋、玄冬"。很多作家都是以青春小说出道,而森瑶子、濑户内寂听这二位却是以朱夏小说出道,更确切地说,是在盛夏将逝的季节,走上了作家之路。女人的朱夏,就是结婚、生子、育儿……这是她们作为生物成熟、孕育果实的

---

① 濑户内寂听(1922—2021):日本小说家,获得过多种奖项,原名濑户内晴美,后出家为尼。
② 原书名《夏の終わり》,中文版译作《夏日终焉》,为了与前文对应,此处都译为《夏日的尽头》。

时期,"发情"也可视作全盛期到来①。被性爱驱使,在逐渐变大的胎内孕育生命,生下孩子,忘我地培养……还有比这更丰盛的成熟期吗?

虽然我很好奇女性作家们为何不写生产、育儿的小说,但也知道,这个时期的女性都在全力奔走,不仅没有闲暇,更是与自省自问无缘……当然,这只是我这个没有生育经验之人的推测。

顺便一提,妊娠小说这一类别是存在的。不过,以《妊娠小说》(筑摩书房,1994年)这部卓越评论集出道的斋藤美奈子女士认为,这类小说中,绝大多数的主角都是"意外怀孕后陷入困惑的女人及使之怀孕的男人",故事也不是讲述女主人公与所爱之人如愿怀上孩子,迎来最幸福的时刻。如果要问人生中最幸福的时刻,很多人会回答"婚礼",但据生过孩子的人说,第一个孩子出世时的感动,远远超过婚礼的时候。看来,是"幸福"不适合文学这种表现形式。

---

① 盛りがつく,意为发情,按字面理解是全盛期到来。

森女士的《情事》里有这么一段内容:

"那段时间,我一面感到青春在一点点被剥夺,另一面,与之相反,对性爱的饥渴却在一点点增强。想尽情做爱做到吐,这种赤裸的欲望一瞬也不曾离开我心上。"

这篇宣称"想尽情做爱做到吐"的文章,很快就在与她同龄的女性读者之间扩散开来,刺激了她们的渴望。在即将跨入四十岁之际,对丈夫孩子并无不满,也没有破坏家庭的打算,只是作为女人的"盛夏"就要结束……对此,大冢光女士露骨地表示,她们作为"女人的保质期已过"。

女人的"保质期"会在何时结束?

我想起四十二岁的西蒙娜·德·波伏娃与年轻恋人出门旅行时,说自己"重获了作为女人的肉体"。果真如此吗?就连那位波伏娃也觉得,到了这个年龄段,自己就不再是个女人了吗?我备受打击。反观她的伴侣萨特,此后也频繁地更换着女友,看来"保质期"也有性别差异。

话说回来,这种事听来虽已久远,但1966年出生、比我年轻很多的酒井顺子女士也在跨入四十岁之前,把新出版的书命名为《逃避可以吗?》(讲谈社,2003年)。酒井女士因《败犬的远吠》(讲谈社,2003年)一书的畅销而出名,根据该书定义"败犬"就是"未婚、未育、三十岁以上"的人。可见,"三十多岁"应该是尚未退出婚姻市场的最高年龄。这些条件里不仅包含性爱,还包含了生育可能性。不久前,三十多岁的女人还被视为高龄产妇,被提醒要多加注意,但如今,厚劳省①想让女性尽可能多地生育,所以已经不再使用这种说法。

女人的性爱会持续到多少岁?有人认为,只要自己想,随时都可以。女人直到化为灰烬都是女人,这话好像是乃木大将的母亲说的。活到九十九岁的宇野千代②女士也说过:"恋爱至死。"

不过,"女人的保质期"这一说法,包含以女人

---

① 厚劳省:厚生劳动省。日本主管医疗、福利、保险、劳动等行政事务的中央行政机关。
② 宇野千代(1897—1996):日本小说家、随笔家。

为欲望对象的男性视线。死前还想再谈一次恋爱,还想作为女人绽放一次,至少要证明自己还能成为男人的性欲对象。桐野夏生女士的《灵魂燃烧!》(每日新闻社,2005年)中,五十九岁的女性在丈夫亡故后,首次与其他男人品尝了晚年的性爱。读这本书的时候,我刚好与女主人公同岁,书中把五十九岁女人的性爱当作一件大事来描写,让我十分意外。

盛年已逝的女人,还拥有微火般的性爱。它不是什么足以改变人生的大事件,却能带来晒太阳般的温暖。夏日结束,秋意渐浓,在此之际,得以享受落叶发酵般成熟的性爱,这大概就是年龄的效果吧。

逆风

曾经有人说我是"迎着风的女人"。

那是在襟裳岬的时候。森进一在歌里唱过:"襟裳之春,是一无所有之春",那地方确实是一无所有。

襟裳岬最有名的就是强风。海岬的观光设施里有风洞实验设备,能让游客体验直面强风的感觉。抓着管道扶手体验瞬时风速20km的强风,已觉风压劲猛,如果换成最大瞬时风速40km,一定能吹飞广告牌、掀翻屋顶,也能把我这种小个子刮跑吧。

站在海岬尖端,眼前的海面被一道波浪翻涌的界线划分为东西两半,强风就是从那里吹来的。虽然没有先前体验的瞬时风速20km那么强,却也已是相当猛烈。

我突发奇想,朝着风来的方向张开双手,身上的防风衣灌满了风,变成一面船帆。我往前倾倒,保持着平衡让身体好似浮在空中,头发倒竖,全身都被风吹拂。真是太爽了。我从心底里爆发出笑声。同行的人见状,都开始模仿我的姿势。大家都迎着风笑出声来。虽然我看不见自己此时的模样,但看看旁边的人,也知道一定很怪。我像小孩儿一样笑啊,笑得停不下来。

有人对我说:"迎着风的模样很适合你啊。"之后,我就成了"迎着风的女人"。

也有人说过,我"擅长应对逆风"。

我好像总是会激怒别人,做些惹人讨厌的事,招来猛烈的斥责打击,然后又早有准备地迎上前去。整个人神经紧张,像个敏锐的猎人,更准确地说,是进入了足球守门员那种全神贯注的待机模式,把注意力分散到四面八方,无论球从哪个方向飞来都能扑到。情绪高涨,脑内分泌多巴胺,想品尝这种快感不需要任何药物。亡命徒们大概都体验过某种共通的感觉。无论是追求速度的骑行者,还是攀岩的狂热爱好者,只要体会过一次那种紧张感,就再也忘不了。

后来,我意识到那些被称为"AC"(Adult Children,成年孩子)的人,经历就与此类似。成年孩子,并不是指那些长不大的孩子气的大人,而是指幼年时期在家庭矛盾里成长起来的大人。这个词来源于"Adult Children of Alchoholics",用来称呼那些在酒精依赖症的父母身边长大的人。因为幼年遭受过父母的暴力或虐待,有过创伤性经历,他们长大后也容易陷入人际关系的矛盾，所以有了这样一个称呼。

如果生活在一个矛盾频发的家庭，在孩子眼里，家庭就不是安宁的归所，而是让人紧张、不安的地方。孩子一紧张就会进入戒备状态，正如人在面对强风时牢牢踩住地面，用尽全力不被撼动。当这种戒备成了习惯，即使在无风地带也难以放松。一旦风停就会向前栽倒，为了保持早已习惯的姿势，他们会自发地促成需要高度紧张的状态，或是过度干涉他人。因为习惯了强烈的风压，很难适应其他环境，他们只能不断地搞砸事情，再追悔不已。

人在情绪高涨时会浑身发抖，这种感觉来源于幼年时期的家庭。这话听来有些老生常谈，但不仅仅是我，几乎所有人的家庭，或多或少都有那么点问题吧。因此这种说法能涵盖每一个人。

此外，我想起一个比喻，很适合用来形容习惯了高强度风压的身体。

优秀的生物学家福冈伸一先生有篇文章说得好：

生物没有静止状态。乍看一动不动的生物,其实并非处于静止,而是在正反两种力的作用下,艰难地保持着平衡状态——这就叫动态平衡。一旦这种平衡被破坏,事物就会朝着某个方向发生剧烈的坍塌。这种平衡很难保持。就像非常时期的英雄难以成为常态下的领导者。从这点来看,坂本龙马没有活到明治维新以后,好像也不是坏事。

可见,一遇到逆境就变得感官敏锐、生龙活虎,这种性格也不好。虽然能适应乱世,却不适应和平年代。

我三十多岁的时候,大家相互打气时都说:"今天觉得不合常理的事,到了明天就会成为常识!"反之亦然,"今天的常识,到了明天就会成为不合常理的事"。历史确实如此发展了,风向也随之改变了。从前的逆风变成了顺风。直到现在,我受邀参加大型活动,被安排在主宾席时,仍会感觉不自在,觉得这不是自己该坐的位置,仿佛一个在野党的政治家突然坐到了执政党的位置。因为我不是靠自己的能力坐在这里，而是时代的风把我推了上来。

这种想法背后隐含着一种观念：风向随时可能改变。有时我会觉得，不是我变了，是时代终于追上了我；换句话说，追上我的时代，早晚也会超越我。人无法选择时代，时代的风也永无止息之日。下一次它会从哪里吹过来呢？无论风从哪里吹来都能保持镇定，这大概就是我的强项。

时代的风是个比喻，但我也喜欢真正的风。

这话有些对不起受灾地的居民，但我一听到天气预报说台风正在接近，就会激动不已。有一次，我在台风过境、暴雨狂风的日子特意穿上防水服装，跑去看涨水的贺茂川。往日总是一派平静的贺茂川此刻轰隆隆地奔涌着。如果被浊流吞噬，我一定会瞬间消失吧。脑中想着这些，我在水位逐渐上涨的河堤上站了很久。

未来的某一天，我想在高知县的室户岬等待台风的登陆。千叶县的犬吠埼也行。不知道那是种什么感觉。

等我活到能实现这个愿望的年龄，大概会被强风刮倒，弄得大腿骨骨折吧。

正月

年末到正月①这段时间，是单身人士的真空时段。

正月该与家人团聚。有家的人回到家人身边，有家乡的人也会回到家乡。空旷的都市里，商店街连续三天都不开门，只能买一大堆耐放的食物回家，开始真正的冬日蛰居。这种时候，单身的人会深刻体会到何谓寂寥。

过去，我曾做过一个"有闲人·无闲人调查"②。既然我们把拥有足够可支配收入的人称为"有钱人"，那也可以把拥有足够可支配时间，亦即拥有许多自

---

① 日本的新年是按阳历计算，正月则是阳历的一月。
② 原文为"時間持ち·時間貧乏調査"。

由时间的人称为"有闲人"。每个人的一天都只有二十四个小时。那么，拥有的自由时间越多，就越是精神富饶的"有闲人"吗？调查结果显示，未必如此，无事可做、无人陪伴的时间越长，反倒越是让人感觉煎熬。

曾几何时，我独自度过的正月就是如此。出门一看，到处都不营业，打开电视，每个台都放着雷同的新年娱乐节目。我丝毫不觉得快乐，唯有无聊与孤独渗入骨髓。三天假期过去，才松了口气。

现如今，无论除夕还是元旦，便利店都通宵营业，虽是正月时节，街上的风景也没有太大改变。除夕这天，本该亲手做些能吃上好几天的年节料理，但为了减少连续三天做饭的时间，我直接用现成的熟食摆盘上桌，随便吃吃，第二天就换成汤锅。不想做饭的时候，可以去酒店或家庭餐馆解决。一个人过正月也不会再感到不便。

从前，圣诞节也是家庭团聚的时间，之后虽然成了情侣共度的时间，但并非每对情侣都能走到最后，所以圣诞节有各式各样的过法，可以跟家人或是小团体聚在一起。再说，圣诞节本就是进口文化，对非基督徒的日本人来说，就算没人一起过平安夜，也不是什么严重的打击。

但正月不同。

单身人士会在正月里深刻体会到没有家人的滋味。

我有很长一段时间都是回父母家过年。即使与人同居，这个习惯也一直没变。父亲那边的兄弟姊妹带着孩子过来，桌上摆着年节料理和杂煮汤，大家一起互道"新年快乐"，由此确认父亲的家长地位……家族里的正月，就是这样一种仪式。

父母去世后，我再也无家可归了。

对很多人来说，到了我这个年龄，自己的子孙辈会继续组成一个新的家庭。但我没有走上这条路。

真正意义上的一个人的正月，是我在国外生活时体会到的。一到圣诞节，学生们就像退潮般回到自己家中，学生宿舍和公寓里只剩下远渡重洋而来、无法轻易回国的留学生。在这阖家欢乐的时刻,很少有人会让素不相识的外国人参与。

我在德国生活过一年。对基督徒而言,圣诞是一年里重要的节点,类似日本人的正月。看着周围匆匆忙忙的行人,我忽然觉得在这一天"好想拥有家人啊"。

以前在美国,有对夫妇曾让我借住在他们家中,待我像家人一般。于是我联系他们,问:"可以让我跟你们一起过圣诞节吗",接着我就跨越大西洋,从德国前往得克萨斯州的纳什维尔①,度过了一个奇妙的圣诞节。纳什维尔是乡村与西部(Country and Western)音乐的天堂。女主人是虔诚的基督徒,她带我到教会参加了弥撒,当时所唱的赞美歌,无一不带有乡村与西部音乐的特色。

夫妇俩还准备了"给千鹤子"的圣诞礼物,热烈欢迎我的到来。我躺在暖炉前拆开礼物,再跟他们

---

① 纳什维尔属于美国的田纳西州,此处的"得克萨斯州"应为作者笔误。

到厨房一起烤蛋糕。虽然只有短短一周,我却在这里体味到了"归乡"的心情,短暂地成了"有家的人"。

母亲去世,父亲也离开的那个正月。

之前每年都要例行公事地回到他们家,那年却再也不必了,而我对此毫无准备。

我意识到今年真的要一个人过正月了,于是决定"寻找家人"。

我知道有两个关系很好的女性朋友要一起共度正月,于是拜托她们:"除夕和元旦让我跟你们一起过吧。"她们爽快地答应了。三人吃着亲手做的、略带正月气息的食物,举起啤酒干杯,天亮前又到附近的神社参拜①。这份恩义,我一直记到现在。每次跟她们见面,我都会怀念地说起"那时候,我们还做过'正月家人'呢"。

这种时候,单身人士会从心底里嫉妒那些"有

---

① 日本人有在正月参拜神社、祈求新年好运的习惯,类似中国人爱在大年初一到寺庙烧香。此为当年第一次参拜,称"初诣"。

家的人"。

确切地说,是只有在这种时候。

所以,一到这种时候,我就会开始调拨"做家人"的对象。世界各地都有人愿意"做我的家人"。我也乐意混进别人家中,享受片刻的温暖。在机场见面,彼此拥抱,听对方说句"欢迎回来"。别急,这只是为期数日的限定活动。

最近几年,从除夕到元旦,我都是和其他三个单身男女一起度过的。傍晚开始煮汤锅吃,收看每年一度的歌谣节目《NHK红白歌赛》,像久居国外、最近刚回日本的人那样发表评论。比如"哎呀,还是跟往年一样嘛""这样收视率会下降啊""不过最近这些日本小孩,手脚都变长了",等等。因为我很少看电视,几乎不认识节目里出现的歌手,所以无论看到什么、听到什么都是头一回,反倒有种身处异国的新鲜感。

等聚会进入高潮,附近有名的荞麦店刚做好的荞麦面，就和老板娘特制的汤汁一起被人送来了。我们只准备了国产芥末和佐料等放在桌边。细切的二八荞麦①只需煮四十秒，掐着时间煮好，一边心存感激地吃着，一边对他人的成果发表感想："真好吃啊""不愧是名店"。吃着吃着，《年复一年》②就开始了。这种一成不变的感觉很适合除夕夜。

终于到了跨年的时刻，我们准备好香槟，开始倒计时。5、4、3、2、1——"嘭！"的一声，香槟塞子弹开，大家互道"新年快乐"。

"去年承蒙照顾。今年也请多关照。"这些老套的话里也饱含了万般思绪。毕竟我们这群人都上了年纪，很可能在年中就患上某种疾病。因此这句话里也含有"平安度过今年，明年依然齐聚于此"的心愿。

我把我们这群人叫作"除夕家庭"。

到了今年年底，这个"除夕家庭"里也会有两个人不在日本，到时候又怎么办呢？

---

① 二八荞麦：用二成面粉、八成荞麦粉的比例制成的荞麦面。
② 《年复一年》（ゆく年くる年）：NHK的跨年节目。

不如来个"除夕家庭成员大招募",又或者干脆到滑雪场过年。还是说要去国外跟朋友会合,在那边迎接新年。又或是去其他朋友家。再不然就去朋友开的民宿跨年吧。

想来想去,因为选择太多而犹豫不决。

这种时候我就会感慨,虽然没有家人,但我"还有人脉"。

花甲

我迎来了花甲之年。

大家送我的礼物里,有红玫瑰、红色口红、红内裤。此外还有红色项链、红毛巾、不红的披肩和猫摆件等。幸好没人送我红色棉坎肩。

有这么多人为我庆祝,我真的很幸福。

生来已有六十年。

亦即花甲。干支循环了一周,又回到出生那年。据说出于这个原因,在花甲之年,人要穿上红色衣物，象征回到婴儿时代。这个夏天，我穿的都是红T恤，戴的也都是红色首饰。

六十年。真不容易啊。人本来不该活这么久的。

真想表扬一下自己。

走过了人生的巅峰，眼前全是无法重来的事，后悔也不是没有。回首往日，也得用过去时感叹一句：这就是我的人生啊。

有人说，四十岁以后，时间会变得特别快。

但我从不这么认为。四十岁之后的一年又一年，每年还是一样漫长。一件件地完成工作，努力享受当下，每天都像在走钢丝，也因此累得不行。一浪过去又有一浪，连喘息、修整的时间也没有。每年到头都会想着，今年终于结束了，而一年前的事却像隔了十年那么久。这能算是充实吗？从忙得没法瞻前顾后这点来看，确实也算是"充实"吧。

不过，要是有人问我还想再来一次吗？我大概会回答：一次已经够磨人了。

2008年7月26日,"六十来岁女人的聚会"圆满落幕。主办者是一群经历过妇女解放运动①的女人。她们对出生于1947—1949年"婴儿潮"一代的女性发出邀请,呼吁大家来相见,庆祝彼此的花甲之年。

赞助人还包括当时妇女解放运动的核心人物:麻鸟澄江、平川和子、米津知子、丸本百合子等女士。举办过"魔女音乐会"②的田中美津子、中山千夏女士也来了。运动发生时不在东京,不了解当时热烈气氛的我也忝列其中。

表演者有女性剧团"青鸟"。这是一个年岁渐长却依然如少女般无瑕的奇妙团体。

六十岁。真是不容易啊。我们各自走过了不算平坦的人生,每个人都拥有自己独特的轨迹。从那次妇女解放运动到现在,居然已经过了四十年。

---

① 日本的妇女解放运动发生在20世纪60年代末。以"全共斗"运动为契机,出现了"女性不是男人的奴隶"等主张。
② 魔女音乐会:1974年、1976年举办的只有女性参加的音乐会。由作家中山千夏担任主持,爵士乐歌手安田南等人参与演出。与文中提到的"六十来岁女人的聚会"的与会者几乎是同一批人。

来之前，我也对周围的年轻人发出了邀请。

"解放运动一代的女性们都会出席这次活动，机会不容错过。同样的集会，以后或许都不会再有了，很值得一看哦。"

年轻人们来时虽然惴惴不安，却依然作为接待员或后台工作人员渐渐融入现场的氛围中。看着年龄是自己三倍的女人们欢聚一堂，活力满满，她们想必也受到了很好的刺激。

解放运动一代的女人们大都很有才华。比起多费唇舌地解释道理，她们会选择先让身体动起来。唱歌、跳舞，热闹又精彩，我实在学不来。看着她们，我不禁感叹自己毫无才艺，因自己不是"能歌善舞的研究者"而汗颜。话虽如此，如果我真的会唱歌跳舞，或许就不会成为研究者了吧？

吉冈茂美女士弹着钢琴朗诵了与谢野晶子、金子美玲的诗。传说中的摇滚歌手中山 RABI 女士穿着破洞牛仔裤，一身朋克装束，为我们献上了绝赞的摇滚歌曲，她的声音还跟从前一样。正牌艺人中山千夏女士发表了致辞,并演唱了她自己创作的歌曲来活跃气氛。

在那期间,外籍歌手李政美女士演唱了一首歌,词曲作者是发起并推动了本次聚会的麻鸟女士。她嗓音悠扬,拨动人心。据说是麻鸟女士要求她唱首歌作为生日礼物送给自己,李女士爽快答应,才有了这次表演。真是一份美好的花甲贺礼。

这首歌叫《满月之夜》,在此分享部分歌词给大家。

光芒四溢　满月之夜

侧耳倾听　海的声音

独自站在　无名的海岸

今夜　想要祈祷

在蚀刻岁月的潮汐中

我出生的日子　再次来到

紧抱　回顾　穿越时空

就像海浪　靠近又流走
循环往复　涨潮的喧嚣
逐渐填满　我的全部

　　潮汐是女人的韵律。据说麻鸟女士是想象着怀孕女人内心满溢的情绪，才写出了这首歌词。她虽然未曾生育，但这种情绪，没生育过的女人也体会得到。歌词里还有一句"没什么好怕的　无穷宇宙　也在这双手中"。

　　反复吟唱的那句"逐渐填满　我的全部"，饱含了独自一人的充实，以及女人内心的自负与丰饶，除了自己什么也不需要、什么也不依靠。我听得几乎要涌泪。

　　"六十来岁女人的聚会"，原本是麻鸟女士为庆祝自己的花甲之年而策划的礼物，但对我们这些参加者而言，这次活动也成了她送给我们的一份佳礼。她心胸宽广，愿与大家分享这丰沛的时间。

　　聚会进行的过程中，大家见缝插针地拍摄了纪念照。主办方提供了cosplay（装扮）用的假发、服装及各种小道具，可谓周到又不失童心。我们叽叽喳喳地聊着天，换上服装拍了照。

到了终场，每个人的介绍都在幻灯片上挤得满满的，投影在屏幕上。非常有意思。它告诉我们，在场的所有人都是主角。

"同样的集会，以后或许都不会再有了。"我对年轻人们说出这句话时，还藏着别的念头。再过十年，这些正值花甲的女人就七十岁了。再过二十年，就是八十岁。其中哪些人会离世，哪些人还活着呢？今天在场的所有人，还可能在十年后、二十年后齐聚一堂吗……

不只是我，其他人虽然没说，但心里大概也是这么想的吧。

临别的歌曲，是中山千夏女士作词的《再见》。

再见真正的意思
是一定会再相见哦

那么　再见　再见　再见

中文的"再见",德文的"Auf Wiedersehen"[①],确实都含有"再次相见"的意思。日文的"再见",则有"既然如此……"的含义。

即使是短暂的安慰、一时的念头也好,将万般思绪装进"再见"这句话里,唱出"再次相见吧"。不知何时,会场里所有人都站起身,肩并肩地唱起来。这一瞬,我感受到了歌的力量、诗的力量。

这样的花甲聚会,或许是第一次,也是最后一次吧。

读者

如果成了"孤身一人"

一位五十岁丧夫的女性在书店看到了我写的

---
① 德文里"再见"的正式说法。

《一个人的老后》。读完，感觉这本书像是为她量身定制一般。类似的反馈最让我开心。

人都是独自出生、独自死去……话是这么说，实际倒也未必。死时或许是孤身一人，出生时却不是。在场的还有生下自己的母亲、让母亲受孕的父亲，以及祖父母、兄弟姐妹和其他亲戚，人是在一群人的环绕中出世的。

从前，人死时也不是孤身一人。往往是在子孙和亲朋好友的陪伴下踏上黄泉的。不过，在这意外形成的超高龄社会中，一个人活得越久，就会见证越多的人比自己先死。长寿的痛苦之处，或许就在于要不断地忍受失去。

人虽然无法独自出生，却会逐渐变得孤身一人。失去配偶、子女自立、孙辈成年。在逐渐变得孑然一身的过程中，每个人都经历了漫长的失去。

我注意到这一点，是在为写书取材，到处采访单身人士的时候。明明是要询问对方如今的单身生活，故事的源头却要追溯到他们变成孤身一人之前，那是十分漫长的、关于失去的故事。人最初都不是孤身一人,但最后总会变成孤身一人。

久田惠女士给作家村田喜代子的《与你同逝》(朝日新闻出版,2009年)写过一篇书评(《朝日新闻》2009年3月29日)。这本书正如标题所示,是关于一对相伴三十多年的老夫妇的故事。离过一次婚的单身人士久田女士在书评中这样写道:"不是亲子,本为陌路,且不再是恋人,顶着夫妇之名的男女间究竟有什么特别的关系呢?"在最后,她又写道:

"没了丈夫,我的人生固然轻松,但好像又有点过于单调,少了些趣味,我突然有种被击垮的感觉。"

她真是诚实啊。

话说回来,世上应该没有哪位妻子会像书名那样,真的"与丈夫同逝"吧。田原总一朗先生曾在《我们的爱》(讲谈社,2003年)中与妻子节子互换现代相闻歌[①],还在腰封上写下:"若你死去,我即刻追随你。"但爱妻去世后,他依然活得好好的。城山

---

① 相闻歌:《万叶集》中和歌的分类之一,多描写恋慕之情。

三郎先生写过《啊，原来你已不在》（新潮社，2008年），却还是忍受着没有妻子的人生。或许是先一步离开的妻子在另一个世界祈祷，希望留在世上的另一半能活到寿终吧。

这样想来，离别与死别或许都意味着人生的重启。结束了与配偶共度的岁月，之后就是自己一个人的时间。如果能经历这两种生活，相当于把仅有一次的人生过出了两种味道，不是吗？

我越发觉得，人或早或晚都会变成孤身一人。既然如此，趁早过上一个人的生活，也更方便重新出发。事实上，我有个朋友六十多岁失去了最爱的丈夫，后来的生活却比以往更精彩。用她的话说，"是他把这些时间留给了我"。丈夫在世时，她过得很快乐；丈夫不在了，她也有别的快乐。

只要变成了单身，为何会如此就不重要了。成了单身人士才会发现，大家的生活方式都相差无几。这样看来，我的经验相对丰富。所以我会对重返单身的人说：

"欢迎回来。"

独居最大的好处，就是能完全掌控时间和空间。无论要做什么，都不必征求别人的同意，不需要任何顾虑。这对女人尤其重要。因为女人从小就被教育，只要有人同时与自己身处同一个空间，即使牺牲自己的利益，也要先照顾对方的情绪，优先考虑对方的方便。男性大概无法体会这种感觉。即使结了婚，他们想做什么也会照做不误，很少有人会看妻子的脸色、征求妻子的同意。

习惯了一个人生活，也就不存在苦或是乐。一切都会变成理所当然。《周刊朝日》（2009年3月27日）曾经做过一个特辑，名为"不知为何流行于当下的单身女性的'独居技巧'"。我看了后反倒惊讶：现在的人这么耐不住寂寞吗？因为杂志方希望我点评这种现象，我便指出："女性习惯了看人脸色、配合别人行事，因此囤积了太多压力。既然如此，不如选择'一个人待着'，她们也确实这么做了。"之后，杂志列出的实例无一不符合这个描述。比如，喜欢"一个人唱卡拉OK"的女性回答："跟人一起总是（有所顾虑）无法尽兴地唱自己喜欢的歌。为了解压，我会另找一天独自去唱。"另一位女性表示："虽然有男朋友，但跟他一起来就没法按自己的节奏享受。……说实话，跟他一起不如我一个人玩得开心。"

正因为一个人的时间占绝大多数，与他人在一起才会生出别样的快乐。完全没必要跟讨厌的人待在一起。一个人的时间或许才是人生的礼物。

孤身一人的人际关系

大前辈吉武辉子女士曾对我说：上了年纪后，比起有钱，更重要的是有人脉。这句话让我受益匪浅。我查了查，"有人脉"的说法最早出现在金森TOSHIE女士的《有钱，不如有人脉·有朋友》（domesu出版，2003年）一书中。

话说回来，不知道"有家人"的说法是否也有来源。

我向来乖僻,即使"有家人"也会立刻把家人排除在外。有的人过度依赖家人,一旦失去,反而会变得孤独。晚年丧妻后闭门不出的家父便是一例。

因此,"有家人"跟"有人脉"不同。即使没有了家人,还有家人之外的人脉:一群名为朋友的人。

首先提出"草食男"一词的深泽真纪女士写过一本《避免自我损耗的人际关系维系法》(光文社,2009年)。见到她本人的时候,她告诉我,这是她对我那本《一个人的老后》的回答。

深泽女士说:"朋友是'人际关系的高级阶段'。"还说她想告诉我,"上野女士虽然建议大家去建立人脉,但不是每个人都能做到哦。"确实如此。不同于夫妇和恋人,朋友关系里没有角色,也没有固定形式。对待再亲密的朋友也要有礼貌,还要把握彼此间的距离,不能肆无忌惮。对待朋友也需要尊敬和顾虑。根据友情深浅的不同,彼此间的距离也有所差别。如此想来,总是贸然干涉对方隐私的家人关系,在旁人眼里就有些野蛮了。其实家人之间，也是需要礼貌和距离的吧。

她说，因为形容朋友关系时使用了"维系"一词，引起很多人的不满。反对者表示："所谓朋友，就是无论多少年没见，再见面还是跟从前一样亲近啊！"

我却不这么认为。多少年都没见面，意味着不见面也无所谓。在你的人生中，早已没了对方的位置。你不需要对方，也不被对方需要。仅此而已。如果是重要的朋友，必然需要相应的维系。

也有人说："真正的朋友，大概就是学生时代的朋友吧。成年以后就交不到朋友啦。"恰恰也是这些人会抱怨，"跟学生时代的朋友走上了不同的人生道路……偶尔见面，也没什么能聊的话题咯"。

聊不来的人，不能称之为朋友。曾经的朋友，也未必永远都是朋友。在各自的人生道路上，人会变，关系也会变。

人是会变的生物。每个转折点都会有不同的邂逅，产生不同的需求。有时候需要彼此切磋、互相刺激的朋友，有时候也需要相处起来轻松、惬意的朋友。所以我觉得，无论到了什么年龄、什么时候、在什么地方，都要会交朋友。因为"有需求才有创造"。

况且朋友的益处，就在于数量不限。虽然不知为何，每个人只能有一个恋人或丈夫，但朋友的数量却没有上限。多一个朋友，并不意味着对其他朋友的友情会减少。非但不会，如果我很喜欢的朋友跟另一个我喜欢的朋友成了好友，我也会很高兴。如果介绍两人认识的是我，喜悦还会翻倍。

若是有朋友告诉我"之前我和裕子一起去旅游啦"，我虽然会不满地抱怨"哎呀，真不甘心，你们该叫上我一起啊"，但很快又会提议"那下次我们三个人一起去泡温泉吧"。如果换成男女三角关系，对话就不成立了。

因为单身的朋友们都没有家人，所以非常明白朋友的重要性。因此会努力地、有意识地结交朋友，重视朋友。即使有自己的家庭，一旦孩子自立、丈夫去世，最后留在身边的也只有朋友，不是吗？

如何度过孤身一人的日子

出乎意料地，我就任了《单身贵族》杂志（おひとりさまマガジン，文艺春秋，2008年）的总编辑，并以单身状态的读者为对象，做了个"单身人士大调查"。针对"一个人的时候，你会做些什么"的提问，有人这样回答：

"日常都是一个人生活，当然是像平常一样度过。虽然是一个人，但也没做什么特别的事。这种蠢问题，叫人怎么回答。"

原来如此。我反省了一下。

不过，在询问了周围的单身人士后，我发现了一些现象。变成单身之后，最先改变的生活习惯是，上厕所不会再锁门了，接着就是不再关厕所门了。也有人举例说，洗完澡后光着身子在房间里到处走的感觉很棒。

此外，辛苦工作了一天，大晚上回到空无一人的家中，那种解脱的感觉别提有多爽了！

20世纪80年代末，艺人山口美江出演过一个什锦腌菜的广告。广告里，她在深夜的便利店到处寻找"想吃的什锦腌菜"，之后踉跄地回到昏暗的家中，一系列画面引起了社会的巨大反响。当时，空荡荡、黑漆漆的家，就是悲惨生活的代名词，不像二十多年后的现在，独居生活的状态也发生了变化。

回到空无一人的家中，是婚后依然工作的女性也会经历的。不仅如此，她们还要赶在家人回来前开灯、匆忙换衣服、准备晚餐。与之相比，回到无人陪伴的家里，用腌菜就着鱼肉、啤酒吃晚餐，这种独居生活要轻松得多。

《单身贵族》杂志刊登了人称"日本最强败犬三人组"的酒井顺子女士、香山RIKA女士和我之间的对谈，在对谈过程中，我们对某件事发表了同样的看法。

"回到家时，见屋里没亮灯会松一口气呢。"

这是当然了。独居者回到家，如果发现亮着灯，一般都会吓一跳吧。

人有时喜欢跟别人待在一起，有时又觉得自己待着更开心。从日本夫妇的统计数据可知，很多妻子都觉得丈夫的存在是一种压力。既有在丈夫出门后，独自在家才悠然解脱的女性；也有在周末离开家人后，回到单身赴任地的公寓才感到放松的丈夫。

独居、二人同居，或是更多人住在一起，都看各人的生活习惯。成长于传统大家庭的人，或许会觉得独居很辛苦。自小拥有独立房间的年轻一代，也有新婚夫妇各住一个房间，否则睡不着的情况。夫妇间的距离也有不同。有的睡双人床，有的同房不同床，有的分房睡，也有的喜欢在中间隔一道纸拉门，还有的必须隔着门墙才习惯。我有个刚结婚的朋友，跟另一半住在一套复式公寓里。妻子住楼上，丈夫住楼下，彼此间用电话联系。丈夫虽然抱怨这种生活方式跟恋爱时期没两样，但妻子从小就是家里的独生女，觉得这种距离刚好合适。

接受了先前的批评之后,我迅速修改了问卷调查的问题,改为"一个人生活的优点与缺点分别是什么"。令人印象深刻的是,所有答案里,优点的数量都比缺点多得多。缺点大都是怕小偷、担心闯空门,还有生病时感到不安之类的。这些确实令人担心。

有人年轻的时候胆子大,但被闯过一次空门后就总是担惊受怕,于是搬进附带护理的公寓,觉得同一屋檐下有他人的气息存在比较安心。

与"他人的气息"之间保持多远的距离,不同人也有不同的习惯。有的人希望同一空间内有人陪伴,有的人希望隔壁房间有人居住,有的人觉得楼上楼下能听到些许响动的距离刚好,有的人觉得各在同栋楼的不同楼层更能保护隐私,还有的人觉得大家干脆住在不同的楼栋比较好……总之,喜好多种多样。

只要空间够大,一群人完全没必要蜗居在狭窄的地方。有房地产开发商计划在那须高原三千坪①的土地上打造一个面向老年人的、附带护理的"百年社

---

① 坪:1坪约为3.3平方米。

区"。我曾参与设计竞赛相关的工作，心想在这种面积大又有丰富自然环境的地方，没必要像城市一样修成密集的高楼。果然，最后被采纳的设计，就是在土地面积内分散修建独门独院的住宅。熟人之间打个电话就能赶过去，完全不必挤在同一屋檐下。

最近，我为自己设想的老后计划，开始倾向于独自宅家了。

孤身一人的将来

今后，单身人士的数量还将持续增长。不只是老年人，年轻人、中老年男女中的单身人士也在增加。按不同年龄段统计夫妇二人仍生活在一起的比例，六十五至七十五岁是最高的。这个年龄段往上，夫妇中有一人死亡的单身者在增多；奇怪的是，这个年龄段往下，回归单身的比例也很高。因为五十岁以下的离婚单身者与不婚单身者在增多。根据人口学家的推算，当代四十多岁的人里，每四位男性、每五位女性之中,很可能就有一位终身不婚者。

日本的累积结婚率(一生中至少结一次婚的人数所占比例)在20世纪60年代中期到达了顶峰,之后便逐渐下降。那时候结婚的人,如今刚好六十五至七十五岁。他们把婚姻视为一辈子的大事,在此观念下构建家庭、夫妻双双迎来老年,算是幸福的一代。不过,这代人是日本历史上最初,也是最后的一代。同样的情况不会再持续。

这代人的工作一干就是一辈子,结婚也是另一种"终生任职"。当今社会,雇佣制不再长久,婚姻同样失去稳定性,可他们见了年轻人还是会用"结婚了吗"代替打招呼,仿佛脑中的社会常识还停留在20世纪60年代。但过去的常识放到现在已经不合常理。半个世纪过去,社会也该发生变化了。

从前,男女结对才能组成独立的小家庭,在社会中立足,单身人士只能被边缘化。如今,无论男女,单身人士的数量都在增加,两个单身人士凑成一对,还能算是一种"升级"吗?遭遇不幸而恢复单身的人，还会愿意再找个人凑成一对吗？她／他周围的人会希望如此吗？

听着那些让人眼花缭乱的"相亲诈骗""结婚诈骗"相关的报道，我意识到，社会舆论似乎认为单身人士都渴望姻缘，即使无奈也想找个伴儿。而弄得人心惶惶的结婚诈骗杀人案等报道显示，单身男性比女性更加渴望恋爱和婚姻。

跟我年龄差不多的朋友里，重返单身的人也不少，她们虽然想交男朋友，却没人想再婚。离婚后重返单身的朋友感叹："结一次婚已经受够了。"伴侣死后重返单身的朋友也表示："一个人乐得自在"，不想再婚。况且，丈夫死后给她们留下了房子和遗属年金①。日本的法律规定，男人有赡养女人的义务，如果再婚，遗属年金就要打水漂了。这么一想，当然没必要眼睁睁地放弃好不容易到手、能自由支配的财产。此外，阻止"黄昏恋"发展到结婚这一步的主力是她们的孩子。因为谁都不想多来几个继承人，让遗

---

① 年金：养老金。（编注）

产继承和墓地问题变得更加麻烦。所以只要家里的老人不再婚,子女对他们与异性的交往都是睁一只眼闭一只眼的。

在我所有的单身朋友里,有一个朋友最令我佩服。她的男性朋友们都住在她附近,偶尔一起吃饭、度过周末或是出门旅行。这样既能确保自己的房子和财产安全,又不会侵入彼此的领地,更不会深入对方的家庭。我这位离婚的朋友让子女称呼她的新男友为"叔叔"。试想,如果强迫孩子们叫"爸爸",肯定会引发不小的争端吧。

这种周末悠闲约会的习惯,跟如今的年轻人谈恋爱差不多。异性间的交往也不再以结婚为前提。"交往""恋爱"虽然包含了性关系,但眼下已经没人使用"婚前性行为"的说法了。在性行为已经司空见惯的当下,年轻情侣们反倒不再拼命享受性爱,而是成了"喝茶聊天的朋友"。这使得老年情侣和年轻情侣之间有了出人意料的共通点。此外,无论哪个年龄段,朋友间的交往都不分同性或异性。对男女同校的时代而言，友情自然是不存在性别之分的。

结婚是一种社会契约。"异性结对"是一种繁殖期的行为。夫妇是养育子女的战友。而当生养子女这件大事终于结束后，解除先前的契约，重新缔结一段更为轻松的关系不也很好吗？当然，跟同一个对象续约也无妨。

在超老龄化的社会中，从家庭义务中获得解放的单身男女，不妨重新寻回男女同校时期的友情。这就是我设想的"单身人士的未来"。人如果活到八十岁，跟配偶共度的时间占其中的四分之一；如果活到一百岁，则占五分之一。硬要"与人结对"的观念，差不多也可以改改了吧。

第四章

一个人的当下

容姿

我与她虽是第一次见面,却知道她迄今为止的事业有多傲人。如今她年事已高,我一面与她泛泛而谈地寒暄,一面焦躁不已。心里很想问她某年或某时发生的事。问她写那本书时几岁,在烦恼什么,做过些什么……还有那件大事发生时,她有何感想……

直面活生生的历史见证人,我虽然情绪激动,说的话却浮于表面,无法触及核心。时间无情地流走,很快就到了我该告辞的时候。

唉,真是浪费了大好机会……我脑中这样想着,却见她露出沉静的笑容,温文尔雅地站在我面前。

这一刻,我领悟了。

她过去做了什么并不重要。正是经历了各种事件,克服了各种困难,才有了此时此地这位优雅的老妇人。她耐心从容的说话方式、眼角的皱纹、略带悲伤的笑容、稳重却不失辛辣的措辞……一切言行举止,都沉淀着她过去的生活方式和人生态度。这一想,我又觉得与她共度的几个小时只顾着激动,没能以平常心享受对话,又是另一种意义上的浪费机会。

时间与经验创造了她的"当下"。既然如此,我应该认真对待的不是她的"过去",而是她的"现在"。

曾经,我初遇另一位名人时,也有过类似的情况。在某个宴会会场,我发现一位小个子女性放松地站在一根大柱子背后。她一度绯闻缠身,在媒体上引起轩然大波,我也是通过新闻里的照片知道她的。而此刻,她站在离我仅有几米的地方,隐藏了存在感,摒除了周围的喧闹,显得娴静又超然。过去那么活跃的人,如今变化竟这么大吗……想起她以前有过的种种骚乱与风波,看着眼前这个脱俗又随性的人,我不禁对她心生好感。是那些坎坷的岁月塑造了如今的她吗？我感叹着，对她沉静的模样看得入了迷。

接着，我想起揭发过"老年歧视（Ageism）"现象的女性主义者芭芭拉·麦当娜的演讲。她在七十多岁的时候曾说：

不要以为"你跟其他老人不一样，精力充沛又有活力"这句话对老年女性是种夸奖。如果对方以为这是夸奖，你的话就助长了社会对老年女性的歧视。

不要对老年女性说"你看起来比实际年龄年轻多了"。这只是你的自以为是，你在贬低岁月加诸人的痕迹。

老年女性不是为了你们年轻女性而存在的，也别以为你们能帮到我们。

不要以为老年女性生来就老。七十岁、八十岁、九十岁会如何，那都是崭新的、不断发现的过程。老年女性对此谈论得越多，就越是能给我们习以为常的、否定我们的这个社会带来巨大的变革。这一点,我们迟早能有所体会。

这位银发的小个子女性在美国女性主义者的聚会上发表了如此激进的演讲。当时,三十多岁的我也坐在台下。因为心中感佩,我走到初次见面的她跟前请求:"可以让我把你的演讲介绍到日本吗?"其结果,就是后来翻译引进的《看着我的眼睛——女同性恋谈老年歧视》(芭芭拉·麦当娜、辛西娅·瑞琪合著,寺泽惠美子等人译,原柳舍,1994年)。

她还写了下面的内容:

年轻女性会跑到我这种老女人身边,请求我把过去的生活经历讲给她们听,却从不问我每天有何感想、做了什么。没错,她们只在乎我的"过去",却对我的"现在"漠不关心。我明明不是"过去的人",依然继续生活着,只不过是个年龄大些的女人。老年人不是过去的躯壳。非但不是,他们还正在无人走过的年龄段,积极探索日日崭新的现实。

在我时常拜访的老年社区里，大家做自我介绍时都不会提及过去的职业和经历，这是一条不成文的规定。因为每个人都已经退出了职场。"虽然不知道其他人在外面的世界是什么身份……"但在这里，每个人都是无名之辈。

他们不提及个人背景，但会分享自己眼下沉迷的兴趣。比如，"我最近在画油画""我加入了歌剧爱好者俱乐部，很期待一年一度的公演……""我想学陶艺，所以来到这里"。

不过，随着彼此慢慢熟悉，会发现对方的爱好、特长也都不再重要。

有位年长的朋友告诉我："上野啊，这只是世人所谓的兴趣。真正重要的，不是那个人做了些什么。"这句话令我印象深刻。

做了什么不重要，重要的是这个人本身。这不是头衔、地位所能衡量的，而是那个人的样子、举止、说话方式，以及做事的态度等呈现出来的。换句话说，一个人的容姿，是了解这个人最重要的窗口。我越来越认同这种观点。因为我想与之共处的，都是些容姿不凡的人；我想与之重逢的，也都是些让人神清气爽的人。

与人见面时，我们很容易以对方的过去为标准来衡量对方。我也常被人当作"传说中的上野女士"。但与人交往，接触的不是对方的过去，而是现在；不是对方的工作，而是人品。无论一个人的成就多么辉煌，要是毫无体谅之心，也不会有人搭理。过去的地位和成就不能成为此时此地傲慢无礼的免罪符。

一个人过去经历的战场也好，烦恼也罢，都会体现在这个人的容姿上。即使不细问，也能看出此人的"当下"正源于种种过去。然后你会心生感慨：幸好没在那时候认识她/他。经验与时间的磨砺，使眼前的人散发出旧皮革般的温润光泽。而我只需享受当下。

多么奢侈啊！

仪式

最近这一年，我不断地接到熟人朋友的讣告。

不久前，丧期明信片还是由朋友寄来，告知其父母或其伴侣父母去世的消息。到了最近，去世的却成了他们自己。没有直接往来的人过世尚还能接受，可有过亲密交往的朋友死去，却让我怅然若失。啊，那个人再也不会出现在我面前了吗？与之有关的记忆都归于过去，再也无法更新了吗……这种情绪令我沉痛不已。

我向来讨厌冠婚葬祭①的仪式。明明不欲庆贺，却要出席别人的婚礼；明明不了解对方的成长过程，却要在亲戚家小孩入学、升学时给红包。以某个时间为节点，我再也不参加婚礼了，因为一切婚礼都让我感觉徒劳。同时觉得，我连自己的婚礼都没参加过，

---

① 冠婚葬祭：分别指成年、结婚、丧葬、祭祀。

干吗要参加别人的婚礼……

知道我不喜欢婚礼的学生、毕业生们,都不会给我发婚礼请帖。因为怕我不高兴,连告诉我结婚的消息也都是小心翼翼的。

我自己没有结婚的打算,也对婚礼毫无兴趣。但别人结婚,我还是会送上祝福。想要结婚的对象,就是你眼下决定与之共度余生的人。虽然在当今社会,婚姻关系随时都能作废,但决定结婚时肯定也是相当地激动。一生之中,能遇到让你做出这个决定的对象的次数,恐怕一只手都数得过来。如果真能幸运地碰上深入理解彼此的爱人,我自然不吝惜送上祝福。这话说得有些绕,总之,得知学生结婚的消息,我都会送上祝福。只是不会参加婚礼。

从某个时期开始,冠婚葬祭的"冠婚祭"我都不再参加。更不会参加别人的出版纪念派对。我从来没为自己的书搞过出版纪念派对。毕竟出了太多书,没精力每本都纪念一次,况且还保不准会惹人厌。

说实话,我也不想出席学生的毕业典礼。因为多少会觉得,我连自己的毕业典礼都没参加过。大学毕业,我在学校的事务窗口拿到了本该在毕业典礼上领取的毕业证书。当我出示身份证,领到毕业证书时,立刻当着工作人员的面将其对折再对折,弄得对方目瞪口呆。我觉得这张纸对父母比对我更有意义,所以打算寄给他们,但因为尺寸太大塞不进信封,只好唰唰地折了两下。也因此,我的毕业证书到现在还有折痕。

不过我一直告诉自己,葬礼是截然不同的。

那是告别的仪式。要告别的人,已不在人世。

名人的父母或妻子先于他本人去世时,葬礼往往比较隆重。因为大家虽不认识他的配偶,却跟他本人有交情。反倒是他本人去世时,很多人觉得之前已经尽过人情义务,此番再来送行的人不多,葬礼也比较朴素。

我参加葬礼不是为了做人情。因为不认识遗属,跟他们也没有人情往来。我是为自己去的。

在某个时间点，我与某人的记忆就此中断。看着备忘录里的联系方式，心想：啊，这个人已经不在了。可要删除时又会犹豫。看着对方的手机号码，也曾想过要不要打一通试试。打给逝者的电话会被接通吗？或许接电话的是个陌生人。我每每犹豫，也就一直没有删去。每当听说有谁去世，我对那人的感受就会失去落点，郁积在心中。我认为，这是因为我没有好好跟对方道别，并由此重新意识到葬礼的必要，它是生者真正把死者送往另一个世界的仪式。

近来，接到某人去世的消息时，我总会问一句："葬礼呢？"越来越多的遗属表示，家人已将其秘密下葬。虽然是遗属的决定，但我的悲伤也因此无处可去。我告诉对方："如果有追思会，还请通知我。"但这类通知几乎都是在我即将放弃的时候才来。

或许是考虑到出席者的行程安排，无论死者周几去世，葬礼都定在周末举行的情况越发普遍。大概是因为干冰、防腐技术的进步，能让遗体保持完好无损。在这期间，与遗体共处一室的遗属会想些什么呢？

我的周末时间大都安排得很满，如果临时接到葬礼通知，很难抽空参加。所以大都是在远方独自悼念友人、祈祷冥福，但往往还是难以释怀。

某个周末，是我很喜欢的一位年长女性的葬礼。巧的是那天我居然没有别的安排。虽然她去世的时间并不是为了配合我的行程，但我觉得这是一种天意，于是决定出席。

到了现场一看，宗派不明的和尚在敷衍地念经，陌生的死者亲戚们肿着眼睛在哭。到场的人我一个都不认识。真是让人待不下去。

那天风很大。出席者的黑发黑衣都在强风中翻飞，我们目送工作人员将遗体搬上灵车，驶向火葬场。在此之前是告别仪式。盖棺前，会场工作人员示意"在场亲朋好友可以跟逝者道别了"，其他人依次上前，瞻仰故人遗容，与故人道别。

但我不想这么做。近年来，尸体防腐技术飞速发展，据说能让死者看起来跟活人一样。电影《入殓师》的成功也让很多人知道了遗体化妆师，死者能在他们的帮助下焕然一新。但那毫无防备的模样，比刚睡醒的脸更为私密，我不想看见，也不愿这样的自己被人看见。故人想必也跟我一样吧。我还记得她温和的笑脸。这就够了。不能让遗容替换我记忆里的笑脸。所以，唯有这个"告别式"，我没有参与。

遗体与遗容，无疑是死亡的物理证明。或许有人觉得，看过遗体遗容就算真正的告别，由此接受故人已去的事实。但对我来说，有葬礼就足够了。如果无法参加葬礼，我会在几周后，等遗属们心情平复、葬礼上的花被清理，才去对方灵前献花。如果我不认识遗属，也没法亲自到场献花，就自己买束花，举行真正意义上的"私人葬礼"。这是我为自己举行的仪式。若非如此，就没有送走对方的实感。

仪式也有仪式的作用吧。这样想，或许是因为我也老了。

痴呆

比起"认知障碍","痴呆"的说法更显亲切。

用关西话说"你这呆子",比关东话的"蠢货"听来更可爱,此外还有"痴迷美色""痴迷欲望"等说法①。最值得一提的是有吉佐和子女士《恍惚的人》(新潮社,1972年),标题里的"恍惚",包含了"痴呆"和"恍惚"两层意思。"装傻"与"吐槽"的配合,在漫才②里缺一不可。"装傻充愣",则是人际关系里颇有难度的技巧。"认知障碍"怎么听怎么像病名,痴呆则像一种性格,更有人情味。

俗话说"一病消灾"③,我身体本就不算好,一旦耗神过度,要么喉咙肿,要么流清涕,动辄感冒。这

---

① 这里的"呆子""痴迷"都读作"ぼけ"。
② 漫才:类似中国的相声,分别负责"装傻"与"吐槽"的两人则类似相声里的逗哏与捧哏。
③ 一病消灾:比起一点病都没有的健康人士,有点小病的人会更注意保养身体,也更容易长寿。

样一来，身体机能也会自动暂停。虽然穿暖和点、钻进被窝好好睡一觉就能恢复，但反过来也意味着，我没法强撑着工作。如果有人在我这个年纪还能熬夜，我会觉得对方是超人。

有时候工作到深夜，明明再坚持一个小时就能收尾，但我的眼睛已经睁不开，脑子也成了一团糨糊。那些突发脑梗或猝死的人，大概都是体力不错、总把自己逼到极限的人。可我做不到。

身体上的小毛病不少，一边调理，一边磨磨蹭蹭活了很久……这是我对自己老后的想象。如今的社会，要死也不那么容易了。毕竟营养、卫生、医疗、护理都已经达到很高的水准，即使卧床不起也能活很久，这是文明的象征，没道理去诅咒。

只要活得够久，痴呆的可能性就会增加。

不知为何，听说痴呆患者里，退休教师的数量颇多。虽然没有明确的证据，但我觉得这是因为口齿伶俐的人即使痴呆，也会变成口齿伶俐的痴呆老人，因此有很强的存在感，在痴呆人群里特别显眼。

有一次，我带学生到外地城市参加护理事务所的调查。学生去日间护理机构找志愿患者做完采访，回来后告诉我，接受采访的老人说：

"我参加某个考试合格了，就被带到这里来工作了。"

这位老年人似乎把"护理必要性认定"测试合格，理解成了考试合格。把他往返日间护理机构，当成了"来工作"。但这家机构的职员、老人的家人对此十分重视，并没有否定他一厢情愿的理解。

"说是工作，也没什么大不了的，只是听其他人说说话。工资也没有，但他们会给我准备午饭，这就算工资了。"

这位老人的说法倒也逻辑自洽。当然，他的午饭是家人付过钱的，只是他自己不知道，才认为是给他的报酬。"我之所以愿意来跟你们这些年轻人聊天，是想让你们知道，人就算老了，也可以像我一样积极乐观哪。"

我们事前跟这家机构沟通过,说想问患者一些问题,希望机构方面帮忙找一位能配合我们的人。刚才说的那位老人就是毛遂自荐,主动前来的。他的话从头到尾都条理分明,为人也很乐观。

他是位退休教师。

调查归来的学生忍不住笑着说:"就像看到了未来的上野老师!"

我走访过许多机构,也见到了许多老人。其中不乏动作迟缓、毫无生气、一整天都只是坐着发呆的老人。如果去全是老年认知障碍者的护理机构,还能看到一动不动、眼神空洞,仿佛只是在等死的老人。

有访问者问:"即使变成了这样,也非得活下去吗?"

面对这样的提问,一位护理专家回答说:

"你们看,一到吃饭时间,那位老人还是会好好地张嘴吃饭对吧?有食欲,就意味着还有活下去的能力。每个人都会死,在死亡来临之前,让他们好好地活下去，就是我们的工作。"

看过许多机构之后，我放下心来，觉得以后即使变得跟那些老人一样，能继续活着、在别人的帮助下活着也很好。不过，必须委托我信赖的人和护理机构。

即使痴呆，也不意味着丧失情感。我们已经知道，认知障碍只是认知上出现障碍，感情不会受到影响。依然会有喜怒哀乐，有食欲也有性欲，能分辨食物好吃还是难吃。即使已经认不出子女，但能感受到身边的人是否与自己亲近、对自己好不好。过得开心的时候会心情舒畅，反之则会难受。如果有个地方能让痴呆患者安享晚年也很好。要是我以后痴呆了，也想在那样的地方度过。日本的护理机构中，确实存在一小部分地方，让我相信这愿望有可能实现。

撰写《当事人主权》（上野千鹤子、中西正司合著，岩波新书，2003年）之际，我不止一次被问及：再怎么强调"自己的事情自己决定"，也得在头脑清醒的时候。如果得了认知障碍怎么办？

我心中已有主意，回答说：没错，我觉得自己很可能得老年痴呆，到时候就这么做。

我们国家有"成年监护"制度，但我不赞成这种制度。指定家庭成员成为监护人的策略太愚蠢。因为家人与被监护人之间存在利害关系。不知该说幸或不幸，我作为单身人士，没有这种选择。因此可以指定某个我信任的朋友做我的成年监护人。不过，无论指定谁，只有一个监护人都不保险。当利害冲突出现，人很容易就会变。

既然如此，不如效仿医疗现场的团队护理，邀请各领域专家组成团队，针对委托人实施生活管理（life management），而非护理管理（care management）。这个团队里不仅有护理管理人[①]，还有医生、理疗师、律师、税务师、咨询师，以及我的朋友，等等。召开护理会议（服务提供者会议）时，我这个委托人——无论有没有痴呆——当然也会出席。

---

① 护理管理人：care manager，专门从事护理支援工作的人员。

他们不能用"老太太"称呼我。如果问我"上野女士,这些选项还合您的心意吗",即使听不懂,我也会大方地点头。因为我明白,他们热情善意的提议都是为了我。

这种团队护理的重点,就在于信息的共享与相互监督。让专家们彼此监视。我并不信奉"人性本恶",只是觉得比起依赖一个人的善意,这种方式要好得多。

在我真的得痴呆以前,这样的体系能建成就好了。

梦想

法国文学研究者桑原武夫先生被授予文化勋章时,一位年轻的记者在庆功宴上采访他。那是1987年,桑原先生八十三岁的时候。

"祝贺老师。那么,您接下来的目标是什么?"

桑原先生用温和又略带责备的语气回答了他,

那句话我至今难以忘怀。

"你要知道,我是个老年人。这种问题,就不要拿来问八十多岁的老年人了。"

玉村丰男先生写过一本《明天不会比今天更好》(集英社新书,2009年),其中有篇文章甚合我意。

玉村先生在信州拥有自己的葡萄酒厂,还开发了自家公司的葡萄酒品牌。据他说,每当接受采访时有人问:"您的梦想实现了吧?"他都不知该如何回答。

这位玉村先生讲了一件小事。2008年的诺贝尔化学奖得主下村侑博士(当时八十一岁)接受采访时,记者首先提出的问题是:"可以说说您的梦想吗?"下村博士一瞬间有些退缩,然后回答:"梦想……现在才来问我梦想……我可没有。"接着又说,"我都已经八十多岁了呀。"

看到这里,我立刻想起文章开头,桑原先生经历的小插曲。

玉村先生是这样说的：

"说起来，实现了一个梦想就要立刻拥有下一个梦想⋯⋯为什么人非得要不断进取呢？如此逼迫人们马不停蹄地追逐下一个梦想、下一个目标，不正是拼命实现逐年增长的高度成长期[①]留下的恶果吗？"他还说自己没有梦想，"梦想之所以叫梦想，就是因为不知能否实现"。玉村先生已经六十有三，人生过去了大半。

此外，他还说："大人们拥有丰富的人生经历，非常清楚自己该做什么、能做什么。所以就算没有梦想，也能充实地享受每一天。"

我和玉村先生一样，从来没有过梦想。

如果有人问我："你的梦想是什么？"我也不知该如何回答。

那些坚信"只要朝着梦想努力，总有一天会实现"的人，都耀眼得让我无法直视。

[①] 高度成长期：指20世纪50年代中期到70年代初期，这是战后日本经济迅速腾飞的时期。

有时会想,难道我没有"做梦的能力"吗?

我是个老于世故的现实主义者。

可以说这种性格适合研究社会学,也可以反过来说,正是因为选择了社会学,我的职业才造就了我的性格。因为不闪不躲,直面赤裸裸的现实,就是社会学学者的工作。

一直以来,我的想法都比较悲观。很早就认识到社会的真面目,不会对他人有过多期待。每当发生什么事,我会立刻在脑中模拟各种可能性,推测最糟糕的结果。想着即使最后变成这样也没关系,但事态发展往往会比我推测的最坏情况好一些,也就比较容易解决。

因为我很务实,一眼就能明白一件事是否可行,如果无论如何也做不到,就会早早放弃。所以我很少失望,也没有太深的执念。

虽然三番两次陷入危机,但也能很快想出替代方案。无论采取什么措施都胜过最坏的情况,所以大都能平安无事地解决。只要不追求完美,就能获得适当的满足。我很庆幸自己不是一个完美主义者。不仅是对自己,我对别人也比较宽容。

见了抑郁症的人,我会猜想,他们是否对自己有过高的期待。因为理想的自己与现实的自己存在差距,差距越大,人就越是痛苦。想要不痛苦,就得降低对自己的期待值,道理虽然简单,但他们性格较真,大概很难做到吧。也许是因为我对自己的期待不高,所以才不会患上抑郁症。

我这样的性格,确实是缺乏"做梦的能力"。

所以,无论遇到什么我都不会动摇,也很少吃惊。

转任到现在的学校之前,周围人都对我表示担心,有的人问:

"上野女士能胜任东京大学的工作吗……"

我泰然自若地回答:

"只要想成出国任教,去哪儿都没问题。"

好像确实不够讨喜。

外界对我的攻击都在我的预想范围之内，所以也有人说我承受能力强。若要问我是否因此沾沾自喜，那倒没有。

如果有人对我说：

"上野女士，你承受能力好强啊！"

我会回答：

"要知道，没人生下来就这样吧？"

我并不是出于喜欢才练就了强大的承受力。人的性格是由学习和经验塑造的。我只是在打击与被打击的环境里待久了才会如此。有人把学问的世界称为"竞技场"，常年置身于这个充满批判与反驳的竞技场里，性格确实会越来越差。

我并非毫不在意别人的恶意与讽刺，也没有乐观到对失败毫无感觉。很多人嘴上说的不是心里想的，这很正常，我也知道别人的话不可全信，表里如一的未必就是好人。比起无知的迟钝，故意的恶意更好应对。

自青春期以来，我在京都度过了四分之一个世

纪,这些想法或许也跟生活环境有关。某个晚上,我跟出身西阵的狂妄京都人、人类学学者梅棹忠夫先生一起聚餐。他不紧不慢地说:

"你呀,表里如一就不会被打倒。"

不过,正因我对他人、对世界没有过多期待,所以也会获得意想不到的恩赐。每当有人对我表示出预料之外的善意,我都喜悦不已;每当世界慷慨地对我展示期待之外的美丽,我都充满感激。

世人似乎都以为我是个攻击性很强的"厌男"人士,其实恰恰相反。我对大多数男性都很宽容,也很少生气。当然,这是因为在我心里,男人不过如此,我对他们的期待值很低,所以反而会在不同的男性身上发现意想不到的美好品质。每到这时,我就会觉得世界比我想象的有趣,活在这种环境里也不那么难熬了。

拥有梦想的人似乎都倾向于拒绝现实;而相信只要活着就有无限可能的现实主义者,对现实的接纳程度更广也说不定。

年龄

经常听上了年纪的人说,"眼下是最好的时候",但我并不是很同意。每个年龄段都有属于该年龄段的迷惘与懊悔,没人敢肯定地说自己从不后悔。

那些严格制订各阶段人生计划,在重要节点做出恰当选择的人,我无法理解。我不可能变成胜间(胜间和代[①]女士),也不羡慕像田中美津[②]女士那样,坚信一切人生选择都是"老天授意"的人。在我眼里,她们跟外星人没有两样。

从某个时期开始,我会有意识地结交比我年长

[①] 胜间和代(1968—):日本经济评论家。高中时期就开始准备注册会计师的考试,十九岁第二次考试合格,成为旧制度下的最年轻合格者。先后就职于安达信会计事务所、麦肯锡咨询公司、摩根大通等企业,后成为独立评论家。2005年被《华尔街日报》评选为"世界最为人瞩目的50位女性"之一。此外,她还是一位职业麻将选手。
[②] 田中美津(1943—):日本哲学家,女性主义者,针灸师。20世纪70年代女性解放运动的代表人物之一。

十岁左右的人。虽然无法想象自己的将来,但通过他们,我多少能勾勒出十年后的自己。二十年后、三十年后,则超出了我能想象的极限。四十岁之前,我问一位比我大十岁、我很尊敬的女性:"四十岁以后会比较轻松吗?"

她用怜悯的眼神看着我,说:

"这个嘛,完全不会变轻松哦。三十多岁有三十多岁的辛苦,四十多岁也有四十多岁的辛苦呀。"

我时常迷茫、后悔,丢过脸,也有想要抹掉的黑历史。好在我忘性大,才能一路走到现在。仔细想想,我也有过坐立难安的经历。

活着,就要学会忘记。

认知障碍的老年人罹患记忆障碍,或许也是一种上天的恩赐。

我眼下已经如此健忘,将来有很大可能性患上认知障碍。

但就算忘记,那些记忆和经验也无可置疑地塑造了现在的我。

虽然我不认为"眼下是最好的时候",但也觉得眼下的自己至少胜过从前的自己。首先,我的耐性变好了,变得宽容了,对他人的想象力也比从前有深度了。我写过一句话:"所谓成熟,就是他人在自己心里的吃水线变高。"在这一点上,我确实有所成长。虽然没人过了花甲之年才觉得自己"有所成长"。

我曾经探访过安昙野的CHIHIRO美术馆。

虽然我本就喜欢CHIHIRO女士的作品,但访问美术馆以前,对她的生涯并不太了解。在名为"CHIHIRO的人生"的展示厅入口,有一篇介绍文章写道:

绘本作家岩崎知弘(CHIHIRO女士,1918—1974)在去世前两年的1972年(五十四岁)写过一篇文章。

"人们总说年轻的时候好,尤其是女人,十五六岁最为美丽。可我回顾自己的人生,完全不觉得少女时期有多好。"

CHIHIRO女士回顾自己的青春岁月，说"那时的自己肤浅得好笑"，觉得"眼下的自己胜过从前"，并写道：

"我花了二十多年，日复一日地努力，才走到今天，能说出这句'胜过从前'。一次又一次地失败，浑身冷汗，才终于渐渐地有所领悟。为什么要回到从前呢？"

充满迷惘、后悔的岁月与经验，塑造出如今的我。所以我觉得，现在的我要胜过从前。是啊，"为什么要回到从前呢"。

说年轻人柔软，这是谎言。再没有比年轻时更加固执、自以为是、受限于固有观念的时候了。随着年龄增长，那些僵硬、固执才会慢慢化解开来，变得柔软。既已至此，"为什么要回到从前呢"。

这么说来，我中年以后交到的朋友，大都经过岁月的淬炼，自带成熟的韵味。说起如果在更年轻的时候遇见,大家都相视一笑:"那我们一定不会变成朋友了。"

年轻时就认识的朋友一直维系到现在,也不只是因为我们认识得早。而是因为对方在每个人生阶段的选择、一路走来的人生轨迹令我尊敬、心生共鸣,我们的友情才得以延续。若非如此,我们也会像其他人一样,自然而然地疏远。我最不擅长应付那些自称是我"同学"的人。即使读过同一所学校,之后的人生也毫无交集,既然几十年都没见过面,事到如今还参加同学会做什么。

如果有人说:"年轻时的朋友是一辈子的朋友。要好好对待哦。"我会不自觉地想,这个人成年后就交不到朋友了啊,真可怜。还想告诉对方,朋友是无论何时何地,只要你想,就能交到的。

上了年纪以后交到的朋友,我会情不自禁地想象他们的过去。是什么样的经历和挫折造就了这个人的现在呢?这种想象非常有趣。有时候会觉得,"啊,原来你也受过这么多苦啊",有时候也会想说,"你吃的苦还不够,别出现在我眼前了"。如果对方是男人,很容易就能看出他过去与异性的关系质量如何。

人存在于人与人之"间"。觉得自己"胜过从前",是因为与人相处时更加游刃有余了。友情没有固定的形式,也不分男女。我想与那些历经沧桑、走到如今的同性和异性朋友分享余生,一起充实地变老。

一个人

"上了年纪之后,比起有钱,不如有人脉",我虽然写过这种话,但内心也有些忸怩。

我自己虽然难得地"有人脉",不缺少能一起生活的伙伴,但心底也有个声音在反对:就算没有人脉又如何?如果我是这本书的读者……一定会大骂一句"多管闲事"。

人确实是群居动物。话虽如此,也不是全天

二十四个小时都想跟别人待在一起。完成一天的工作，回到空无一人的家中，我会松一口气。如果有谁旁若无人地播放吵闹的电视节目，我只会感到烦躁。我也不需要音乐无时无刻响在耳边。有人回到家的第一件事就是打开电视，我完全不懂那些离了电视不能活的人是什么心态。话说回来，我频繁与人会面基本只是出于工作性质，因为教师是种服务行业，事实上，我并不讨厌独处。

即使与人见面，我的话也不多。不管对方是谁，我总是会不知不觉地成为倾听者。因为我很少聊起自己，关系亲密的朋友还会因此而生气。不必说出口的话，我会选择不说，就算想找人倾吐和抱怨工作上的烦恼，但要解释来龙去脉太过麻烦，最终我还是会闭口不言。

想对丈夫倾诉的妻子、回家后累得不想听妻子抱怨的丈夫；或是在家从不谈工作的丈夫、对丈夫的工作一无所知的妻子。类似的夫妻状况时有耳闻，如果以此作比，我大概更接近丈夫的角色。

说了没用，或解释起来很费力的事情就不说。因为我明白，任何问题都只能靠自己去解决。所以到最后，不管发生什么事，我最多只会在尘埃落定后提一句："发生过这样的事情哦。"

女性朋友之间，往往会坦白恋爱、出轨之类的私密话题来拉近彼此的距离，每当遇到这种情况，我都如临大敌，压力倍增。即使如此，我也很少深入谈论自己。虽然会倾听对方的话，自己却不会主动发起话题。

如此这般，听女性朋友们聊得多了，我惊讶地发现，人们其实并不关心他人。很少有人会在忙于谈论自己时，想起来问对方一句："你呢？"每当有人对我说："你不太爱说自己的事呢。"我就会在心里吐槽："明明是你没问过吧？只要你问了，我就会回答。"如果对方是男人，就更别提了。男人在精力充沛的时候会自吹自擂，在情绪低落的时候则会抱怨不停。到头来，我还是充当了倾听者的角色。因为男人更习惯说，而不是听。极少数时候，我也会遇到善于倾听的男人,这种感觉就跟发现稀有动物似的。

我说自己不以独处为苦,就有人说,是因为独处之外的时间,你跟别人一起过得很充实。我说独处并不寂寞,对方又说,是因为你现在身体健康、工作稳定。不知道未来的某个时刻,我会感到寂寞吗?

孩子离家、丈夫离世的女性感叹自己寂寞难耐,我该对她说些什么呢?如果跟孩子住在一起,享受含饴弄孙的快乐,你的内心就不会寂寞了吗?从前跟丈夫一起度过的时光,真的一点也不寂寞吗?我该向她推荐多人同住的公共住宅吗?还是该劝她住进老人院里的多人大房间?

理疗师中的领军人物三好春树先生认为,不该让患有认知障碍的老年人住单人间。因为他们的私人界限已然崩塌,需要与他人进行身心接触。这些老人里,有的即使住在机构里的单人间,也会跑去别人的房间睡觉。不过在我看来,这件事与患者生长的时代背景、身体感觉有关。过去的大家庭里,一家人都混住在同一个房间,下人们也是在一个大房间里并排打地铺睡觉。据说战前在东北长大的男性,寒冬里也会赤裸身体钻进被窝,跟自家兄弟挨着睡觉。在那时的人看来,人与人之间肌肤相贴,感受彼此的温暖与触感,大概是再正常不过了。我有个朋友家里虽然给孩子们安排了独立房间,但每晚睡觉的时候,全家人都会集中到同一个房间一起睡。我也曾受邀钻入其中,蚯蚓似的跟他们挤在一起,感受生物间彼此触碰的温度。但若是每天如此,还是会受不了吧。

如果有女性说自己一个人寂寞难耐,我想告诉她,你很快就会习惯啦!因为渴望他人气息也好,无惧独处也罢,只是生活习惯的不同。

另外还要加一句,如果真的那么寂寞,就去拥抱自然吧。感受风的吹拂、光线中的阴影、绿的鲜明、枯叶的幽静、树木的凛冽……春夏秋冬,无论哪个季节,自然都能抚慰人心。因为天空与流云从不停歇。它们包围在我的四周,从不吝惜给予。世界早在我出生以前就存在,即使我离开,也会继续运转,如果这都无法慰藉人心，还有什么可以呢？

不过，这样的回答或许并不能解决那位女性的问题吧……

做了这么久关于老年人的研究，我开始想着，要趁自己腿脚方便的时候做些对他人有益的事。就算没有护理福祉士或助手的资格证，我还可以成为日间护理机构的经营者。如今，全国各地都有优秀的实践者创立机构，为老人与无家可归的年轻人提供居所，类似一个"当地的茶室"。比如"集会"（よりあい）、"我的老家"（うちの実家）、"活力井边"（井戸端げんき）① 等。或许我也可以加入其中……话是这么说，但我还是没有采取行动，因为觉得自己不适合扮演"胆大心细的老妈"或"旅馆女掌柜"的角色。我不想全天二十四个小时都生活在一堆人——家人也一样——之中，哪怕我以后需要被护理，也不想进入日间护理机构。

---

① 以上都是机构名称。

我应该会变成一个狷介的老女人,不愿任何人打扰我独处的静谧时光。

一位好心的护理管理人对我诉苦,说有个家里乱得像垃圾屋的老女人,"我去了好多次,她都不肯开门。"我一边听一边自我安慰:"就算她本人不需要,只要告诉她还有更多的选择,说不定她哪天就会意识到自己隐藏的需求。别着急,耐心去做吧。毕竟这件工作很有意义。"实际上,我很理解那个老女人的心情,觉得对方"多管闲事"。

有位陪伴临终病人走过最后几个月的女性说:

"那人去世前几天对我说,很高兴最后的日子里有我陪在身边……我这样的人,也能给孤独的将死之人带去慰藉吗?"我的心情却倾向于临终者那边。没人能抚慰将死之人的孤独,对方那样说,只是出于善意。

一位女性说:"我妈说她虽然孤身一人,但有我陪着就不寂寞了。"我忍不住脱口而出:"你真以为有你陪着,就能治愈年迈母亲的孤独了吗?"……她哑口无言，我有点后悔。

所以，我的本意是，没有人脉也OK，不以孤独为苦的人，一个人生活也很好，只要能有技巧地度过一个人的时间，享受一个人的空间就行。不要把我那句"有人脉"，理解成一种强迫观点。

有人会说，你这些话只适用于身体健康的时候吧。一旦年迈体衰、生病或是变得怯懦，马上就会哭着请求朋友们："快来看看我吧！"

——如果变成这样，也没什么不好。

后记

我喜欢共同研讨会。

十分期待跟未知领域的人坐在一起,通过讨论激发出另一个未知的自己。

编辑找到我,说想为我出一本随笔集。

我手头积攒了许多给杂志、报纸等媒体撰写的随笔、时评,有长有短,差不多刚好够一本书的量。于是我把材料交过去,问,这些怎么样。那位编辑果断地拒绝了,说:

"不行。请您另外写新的。"

还说要写些我自己也想看的内容。他对我的要求是,通过这些随笔,向我的读者展现我从未示人的另一面。

这位编辑就是NHK出版社的小凑雅彦先生。

他也是吉本芭娜娜女士的责任编辑。我曾听吉本女士这样形容他：

"在责编小凑先生热情又缠人、周到又烦人的建议下"，书出版了。以及"他为人聪慧却十分可爱，相处起来令人放心"。

是吗？既然她都这么说了，那就合作看看吧——这方面我可能受到了芭娜娜的影响——这样想着，我跟他开始了持续两年、不甚协调的配合。因为我必须有截稿日催着才能写出文章，于是小凑先生帮我找了家可以连载的媒体，即同一家出版社旗下的《时尚工作室》（おしゃれ工房）杂志。

说实话，在开始这系列连载以前，我从没听说过《时尚工作室》。在得知有这么一本拥有忠实读者的杂志专门介绍女性手工活的乐趣时，我颇觉新鲜。面对这本杂志的忠实读者，我该写些什么样的话题呢？就这样不知不觉地，我断断续续地收到读者反馈，说"对每一期专栏都充满期待"。我以前的读者里也有人写信告诉我:"在书店某个意外的角落发现您的连载,吓了一跳。"还有男性读者说:"在书店里站着读完了专栏。"

这系列连载的标题是"Minor Note"。Minor在音乐里是"大调、小调"中的小调。Note既指音乐里的音调,又可以指香水的香型。但愿它能散发出第一篇《紫花地丁香水》那样的香气。不是香奈儿、迪奥之类的高端品牌,也不是三色堇之类的外来品种,而是本地品种——野生紫花地丁的香气。

在把专栏文章集结成书的时候,考虑到"Minor Note"可能不易理解,我半开玩笑地提出,要不改名为"B面的我"吧。既然有乐曲名叫《G弦上的咏叹调》,把书命名为《B面的絮语》好像也不错。想来想去,最后敲定了书名《在一个人的午后》[①]。定下来以后,我发现这个书名特别贴切。设计师日下润一先生充分理解了这种情绪,提议封面上放一块历经岁月洗涤的小石头作插图。这个设计很妙。说起来,插画

---

① 原书名《ひとりの午後に》。此处正文的书名是日语书名直译。

家IZAWA直子女士也在连载期间一次次配合我的随笔氛围，在布面上画下独具风味的插图寄给我。

最后，无论插图、装帧还是媒体、风格的把握，都交由小凑先生全权决定。如果模仿芭娜娜女士对小凑的评价，写一句上野版的小凑评价，就是"看似性格柔软，实际顽固而有耐心；看似谦虚，却能在不知不觉间掌控对方，识破人心"，我就是这样落入他的圈套的。

不过，被别人的思路牵着走真是件快乐的事！

我不禁想赶时髦地说一句，被动的快乐比主动的快乐更为深刻。连载的这两年，我真的写得很开心。每回都勤奋地交稿，期待着第一位读者——小凑先生的感想。能让作者产生这种期待的编辑，是出版界的榜样。

作为研究者，我一直说自己"虽然贩卖思考，却不贩卖感受"。常有读者在实际见到我之后说："你本人跟书里给人的印象相差太大了。"这是自然。研究成果只是我的其中一面。在这本书中，我好像破例说了过多关于感受的内容。这是我的另一面。不过，若是没有遇到这位编辑，就不会催生出我的"这一面"。迄今为止，我有过几次类似的幸运邂逅，这次也一样，我觉得自己很幸福。此外，《时尚工作室》的读者大概并不知道那个声名狼藉的女性主义者上野，在她们读专栏时也不会带有预判和偏见，对我来说，与她们的相遇也是一件幸福的事。

在"一个人的午后"，也有微小的喜悦与幸福。放弃和压抑也是种奖励，是努力活到最后的人，才能品尝到的人生滋味。这本书就像一颗漂流到阳光下的小石头，我将它捡起，想要送给你。

上野千鹤子

樱花绽放之时

图书在版编目（CIP）数据

上野千鹤子的午后时光/（日）上野千鹤子著；熊韵译. -- 北京：中国友谊出版公司, 2023.8
ISBN 978-7-5057-5661-8

Ⅰ.①上… Ⅱ.①上…②熊… Ⅲ.①随笔—作品集—日本—现代 Ⅳ.①I313.65

中国国家版本馆CIP数据核字（2023）第106942号

著作权合同登记号　图字：01-2021-0556

HITORI NO GOGO NI　by Ueno Chizuko
Copyright © 2010 Ueno Chizuko
All rights reserved.
Original Japanese edition published by NHK Publishing, Inc.

This Simplified Chinese language edition published by arrangement with
NHK Publishing, Inc., Tokyo in care of Tuttle-Mori Agency, Inc., Tokyo

书名	上野千鹤子的午后时光
作者	［日］上野千鹤子
译者	熊韵
出版	中国友谊出版公司
发行	中国友谊出版公司
经销	新华书店
印刷	嘉业印刷（天津）有限公司
规格	787×1092毫米　32开 8印张　106千字
版次	2023年8月第1版
印次	2023年8月第1次印刷
书号	ISBN 978-7-5057-5661-8
定价	58.00元
地址	北京市朝阳区西坝河南里17号楼
邮编	100028
电话	（010）64678009

如发现图书质量问题，可联系调换。质量投诉电话：010-82069336

ひとりの午後に
Alone in the Afternoon

上野千鹤子的
午后时光

ひとりの午後に
Alone in the Afternoon

有时我会觉得,不是我变了,是时代终于追上了我;
换句话说,追上我的时代,早晚也会超越我。

上野千鹤子的
午后时光

ひとりの午後に
Alone in the Afternoon

上野千鹤子的
午后时光

ひとりの午後に
Alone in the Afternoon

无论是多么残酷的真相,也比谎言要好。

不过,最近我又开始觉得,

比起残酷的真相,能让对方暂时喘口气、获得短暂的安慰也很好。

上野千鹤子的午后时光

ひとりの午後に
Alone in the Afternoon

上野千鹤子的午后时光

ひとりの午後に
Alone in the Afternoon

所谓青春，大概就是身在其中毫不珍惜，
唯有多年后回首，才让人胸中一紧的东西吧。

上野千鹤子的
午后时光

ひとりの午後に
Alone in the Afternoon

上野千鹤子的
午后时光

ひとりの午後に
Alone in the Afternoon

世上虽然有人"最喜欢当下的我",
觉得"当下的年龄段最好",但我没那么轻率。
无论哪个年龄段,都有好也有坏。

上野千鹤子的
午后时光

ひとりの午後に
Alone in the Afternoon

上野千鹤子的
午后时光

ひとりの午後に
Alone in the Afternoon

每当收到落选通知，我就会想，社会并不需要我啊；
与此同时，我也自大地认为，自己并不需要社会。

上野千鹤子的午后时光

ひとりの午後に
Alone in the Afternoon

上野千鹤子的
午后时光

ひとりの午後に
Alone in the Afternoon

  我也曾经二十岁。

 所以不会让任何人说,这是人生中最美好的年纪。

上野千鹤子的午后时光

ひとりの午後に
Alone in the Afternoon

上野千鹤子的
午后时光

ひとりの午後に
Alone in the Afternoon

真正的关心可能会刺伤自己，
倒不如用钱买来的关心安全。

上野千鹤子的午后时光

ひとりの午後に
Alone in the Afternoon

上野千鹤子的午后时光

ひとりの午後に
Alone in the Afternoon

在对养育者无条件的依赖和信赖这一点上,宠物跟幼儿类似。

孩子稍微长大一点,就会懂得耍诈、献媚、怀疑和轻蔑,但襁褓里的幼儿为了活下去,只能对父母寄予无条件的信赖。

上野千鹤子的午后时光

ひとりの午後に
Alone in the Afternoon

上野千鹤子的
午后时光

ひとりの午後に
Alone in the Afternoon

再往后,我跟男人谈恋爱时也会对他们说,
如果跟我交往让你感到哪怕一丁点的快乐,你也该感谢我之前的男友们,
因为他们让我学到很多,才有了现在的我……

上野千鹤子的午后时光

ひとりの午後に
Alone in the Afternoon

上野千鹤子的
午后时光

ひとりの午後に
Alone in the Afternoon

我讨厌别人窥视我的书架，
因为这无异于窥视我的脑子。

上野千鹤子的
午后时光

ひとりの午後に
Alone in the Afternoon

上野千鹤子的午后时光

ひとりの午後に
Alone in the Afternoon

开车对女人来说也很快乐。

尤其是当你从副驾换到驾驶座,快乐的感觉也会倍增。

上野千鹤子的
午后时光

ひとりの午後に
Alone in the Afternoon

上野千鹤子的午后时光

ひとりの午後に
Alone in the Afternoon

回忆之所以美丽,
或许也是因为,它终将腐烂。

上野千鹤子的
午后时光

ひとりの午後に
Alone in the Afternoon

上野千鹤子的午后时光

ひとりの午後に
Alone in the Afternoon

当时的我很恨独断专行的父亲,

如今回首,才体会到父亲作为一家之主,

肩上的重担与心底的孤独,对无人理解的他心生恻隐。

上野千鹤子的午后时光

ひとりの午後に
Alone in the Afternoon

上野千鹤子的
午后时光

ひとりの午後に
Alone in the Afternoon

直到现在,我依然觉得,
立志研究社会学的人必须具备的素质里,
第一是好奇心,第二是灵敏,三和四不知道,第五才是智力……

上野千鹤子的午后时光

ひとりの午後に
Alone in the Afternoon

上野千鹤子的
午后时光

ひとりの午後に
Alone in the Afternoon

所谓传统，就是这样的东西吧。
它们难以维持，也终将消失。

上野千鹤子的
午后时光

ひとりの午後に
Alone in the Afternoon

上野千鹤子的午后时光

ひとりの午後に
Alone in the Afternoon

父母过世，
意味着自己与死亡之间的屏障彻底消失，
整个人完全暴露在风雨之中。

上野千鹤子的午后时光